UNA NOCHE GRIEGA
SUSANNA CARR

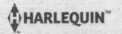

Editado por Harlequin Ibérica.
Una división de HarperCollins Ibérica, S.A.
Núñez de Balboa, 56
28001 Madrid

© 2016 Susanna Carr
© 2016 Harlequin Ibérica, una división de HarperCollins Ibérica, S.A.
Una noche griega, n.º 2479 - 13.7.16
Título original: Illicit Night with The Greek
Publicada originalmente por Mills & Boon®, Ltd., Londres.

I.S.B.N.: 978-84-687-8438-0
Depósito legal: M-13655-2016
Impresión en CPI (Barcelona)
Fecha impresion para Argentina: 9.1.17
Distribuidor exclusivo para España: LOGISTA
Distribuidores para México: CODIPLYRSA y Despacho Flores
Distribuidores para Argentina: Interior, DGP, S.A. Alvarado 2118.
Cap. Fed./Buenos Aires y Gran Buenos Aires, VACCARO HNOS.

Capítulo 1

UNA virulenta tensión se apoderó de Stergios Antoniou allí mismo, de pie, en el balcón de la mansión de su primo. Ni siquiera la imagen icónica del Partenón contra el cielo azul intenso del mes de septiembre llamó su atención. Solo la rubia que estaba en la fiesta del jardín.

Jodie Little. Su hermanastra. Su más oscuro secreto.

Una furia abrasadora le devoraba por dentro viéndola deambular entre la flor y nata de la sociedad ateniense. Parecía distinta. Se había cortado la melena rizada y se la había alisado, y el vestido amarillo con flores estampadas ceñía con modestia su delgada figura. De hecho, solo el rojo de su carmín desdecía la delicadeza de su apariencia.

Sabía que aquella imagen era falsa, puro disfraz, solo un escudo. Habían pasado años desde la última vez que la vio, pero sabía que el tiempo no podía haber domesticado una naturaleza salvaje como la suya.

—Estabas aquí —dijo su madre al verlo—. ¿Cuándo te has subido? Anda, ven a la fiesta.

Stergios no apartó la mirada de Jodie.

—¿Cuánto hace que está en Grecia? —preguntó.

Mairi Antoniou respondió con un suspiro, apoyándose en la balaustrada.

–Hace un par de días que llamó a su padre para decirle que se hospedaba en un hotel cerca de casa. Si pensaba que íbamos a recibirla con los brazos abiertos, se va a llevar una desilusión.

–¿Por qué ha vuelto?

–Parece ser que echaba de menos a su padre.

–¿Qué crees que se trae entre manos?

–No lo sé. Gregory no tiene dinero propio.

–Y ella ha heredado hace poco una fortuna –murmuró Stergios casi para sí, buscando entre la gente a su padrastro. Estaba al otro lado de aquel maravilloso jardín.

Gregory Little tenía talento para casarse con mujeres ricas. Su único objetivo en la vida era hacer feliz a su esposa y vivir rodeado del lujo que ella podía proporcionarle. Stergios sabía que su padrastro, a diferencia de su hija, era una presencia inofensiva en sus vidas.

–Gregory no sabía que iba a venir –insistió Mairi–. Han estado en contacto después de la muerte de su madre, pero no la ha invitado él.

El padrastro de Stergios disfrutaba de una generosa asignación, y sabía bien lo que se esperaba de él si quería que el dinero siguiera llegando a sus manos, pero tener una hija rica podía suponer una segunda fuente de ingresos.

–¿Y tú le crees?

–Por supuesto. Jodie solo le ha causado problemas y bochornos. Esa chica estuvo a punto de provocar una debacle en nuestra familia por no saber mantener las piernas juntas.

A Stergios se le subió la sangre a la cabeza al recordarlo. Desde luego, Jodie sabía cómo crear problemas con el mínimo esfuerzo. Podía ser desde un comentario explosivo en una cena formal hasta crear un espectáculo escandaloso en el club nocturno más popular de Atenas. Pero nada comparado con seducir a su primo Dimos. De haberlo logrado, habría destruido un futuro brillante y prometedor para la familia Antoniou.

–No debería estar aquí –¿por qué tenía que aparecer precisamente aquella semana?–. ¿Sabe Dimos que ha venido?

–Yo le pedí que la incluyera en la lista de invitados a esta fiesta –admitió Mairi.

Stergios buscó con la mirada a su primo entre los invitados, pero no lo localizó, lo cual le hizo sospechar, ya que gravitaba de modo inconsciente hacia Jodie.

–Lo que ocurrió entre ellos es pasado –argumentó su madre–. Dimos estaba en una etapa de rebeldía y era fácilmente influenciable. No era contrincante para una desvergonzada tan decidida como ella.

Jodie había deslumbrado a Dimos casi de inmediato, pero su primo tampoco había sido lo que se decía una víctima inocente, pero su madre no quería verlo así. Prefería pensar que los hombres de su familia tenían estándares más altos.

–Nos costó darnos cuenta de que era una mentirosa y una manipuladora –continuó Mairi–. Cuando dijo que fuiste tú quien la siguió a la bodega aquella noche... aunque nadie se lo creyó, claro.

Stergios cerró los ojos un instante. Todo el mundo

en la familia sabía de su aversión a los espacios oscuros y cerrados, pero esa noche había logrado vencer su miedo por culpa de Jodie y su marca particular de problemas.

–A ti no iba a engatusarte, pero Dimos carecía por completo de experiencia mundana entonces. Acordarme de todo lo que nos ha hecho me pone...

–Es demasiada coincidencia que haya vuelto cuando necesitamos sellar nuestro pacto con la familia Volakis. Busca venganza.

Su madre frunció el ceño.

–No me parece de las que leen la prensa económica, ni capaz de comprender los planes a largo plazo que hemos trazado para el Grupo Antoniou. No es tan lista. ¡Pero si no es más que el desecho de una de esas escuelas de señoritas!

–No la echaron por falta de logros académicos, madre.

–No quiere destruirnos, sino ser uno de nosotros.

–A veces el enemigo está dentro de la propia familia.

Se hizo un silencio denso, y Stergios respiró hondo para apartar los recuerdos con mano firme.

–No tienes que protegernos de ella –dijo su madre preocupada, poniéndole la mano en el hombro.

En eso se equivocaba. Su obligación era mantenerse alerta, reunir poder y riqueza suficientes para que nada pudiera tocarlos.

–Es un problema, pero nos hemos enfrentado a cosas peores. De hecho, creo que no tendremos que hacer nada –añadió Mairi alegremente–. Jodie no puede fingir durante mucho tiempo lo de ser inocente y virginal. No tardará en vérsele el plumero. Pasa siempre.

–Y mientras esperamos, seducirá a Dimos y adiós boda.

–¡No! Dimos no nos traicionaría de ese modo.

–Dimos se acostará con Jodie a la primera ocasión que se le presente.

–No lo hará. Sabe lo importante que es esta fusión para la familia.

Eso no le había pesado lo más mínimo cuatro años atrás, pensó Stergios, y sus ganas de conseguir a Jodie eran en ese momento más imperativas aún. Pero Mairi Antoniou nunca había sido capaz de ver con realismo a su familia, de modo que la tarea de reconocer y eliminar las amenazas recaía en él.

–Jodie también lo sabe –advirtió, tomando a su madre del brazo para guiarla de vuelta a la fiesta–. Ha vuelto porque tiene un asunto pendiente y dinero en el que apoyarse. Es una amenaza más que real para este matrimonio. Necesitamos esa alianza, y no voy a permitir que lo eche todo a perder.

«Hay cosas que nunca cambian», se dijo Jodie al sonreír a una de las mujeres mayores de la familia Antoniou. La vieja lechuza no le había devuelto el gesto, sino que había agarrado a la joven heredera del brazo para alejarla lo más posible de ella. Aquella familia estaba convencida de que podía corromper a cualquiera con su sola presencia.

Siguió paseándose por el jardín con su vaso de agua en la mano como si no fuera consciente de que todas las miradas estaban puestas en ella. A lo mejor estaba un poco paranoica, porque muchos de los parientes se habían mostrado indiferentes a ella cuando vivía en Atenas, pero ahora tenía la sensación de que a nadie parecía agradarle su presencia. Como si estuvieran convencidos de que el desastre venía acompañándola y estuvieran preparándose para el impacto.

El escándalo iba asociado a la Jodie de antes, y no a la persona que era ahora, mucho más serena. Estaba decidida a encajar, de modo que respiró hondo y sonrió. Esa vez, lo lograría.

–¿Jodie?

Aquella voz de hombre la sobresaltó. Era Dimos Antoniou, su primo.

–Cuánto tiempo –dijo él, besándola en las mejillas.

–Cierto –respondió, dejándose abrazar. Estaba tal y como lo recordaba, con su cara larga, el cuerpo flaco y el pelo negro que le caía sobre la frente–. Gracias por invitarme a conocer tu nueva casa. Es preciosa.

–Es el regalo de bodas de la familia de Zoi.

–Creo que tu prometida y tú seréis muy felices aquí.

–¿Me imaginas casado? –le preguntó Dimos, metiéndose las manos en los bolsillos.

–Tu familia está muy orgullosa de ti y quiere que tengas lo mejor. Te lo mereces –dijo ella en voz baja. Dimos había comprendido las reglas desde muy joven y las había seguido a rajatabla, lo cual le había reportado una bonita recompensa.

¿Cómo se sentiría uno siendo querido y aceptado en su familia? Le encantaría saberlo. Siempre había deseado sentirse unida a sus padres, aunque había esperado a que fueran ellos quienes dieran el primer paso, y ahora lamentaba haberlo hecho así, ya que su madre había fallecido de un ataque al corazón hacía unos meses, y si quería tener alguna clase de relación con su padre, su único pariente vivo, tenía que actuar ya. Tendría que ser la primera en disculparse, en dar su brazo a torcer, en cambiar. ¿Qué clase de sacrificio requeriría la aceptación de su padre? ¿Cuánto tendría que ocultar de sí misma para ser considerada digna de su amor?

La sonrisa de Dimos se desdibujó, lo mismo que la luz de sus ojos.

—Eres muy amable, Jodie. Sobre todo después de lo que pasó entre nosotros.

Jodie se llevó una sorpresa que intentó disimular. No estaba preparada para que Dimos, o ningún otro miembro de la familia, mencionase aquella noche.

—No supe manejar la situación —confesó en voz baja apartando la mirada.

—Nadie supo —replicó ella, conteniendo el deseo de salir corriendo. La habían creído decidida a atrapar a un Antoniou y echar a perder cualquiera de los posibles matrimonios que tan cuidadosamente se habían orquestado. Después de aquella noche, fue considerada extremadamente peligrosa para el futuro de la familia.

—No sabía que una de las doncellas nos había visto.

Jodie parpadeó. ¿De eso se estaba disculpando? ¿De que los hubieran pillado?

—No me podía creer que se le hubiera ocurrido irle con el cuento a Stergios. ¿En qué narices estaría pensando?

Jodie temió arrancarse la lengua de un bocado de tanto apretar los dientes. A diferencia de ella, la doncella sabía exactamente cuáles eran las intenciones de Dimos, al que hasta entonces había considerado un primo decidido a ayudarla a navegar en una familia tan grande.

–Y ahora lo sé, aunque con años de retraso. Sé que debería haber hablado –él le mostró las manos con las palmas hacia arriba–. No me di cuenta de que ibas a ser duramente castigada.

Dimos seguía siendo tan inmaduro como siempre. Tomó un sorbo de agua. Ardía en deseos de decirle que ella nunca le había dado alas, y que nunca era tarde para enmendar un error. Podría haberla protegido, pero eso no habría servido a sus intereses.

Y si había algo que había aprendido a lo largo de los años, en particular después de aquella infausta noche, era que los hombres no comprendían el significado de las palabras «honor», «respeto» o «protección». Acechaban, tomaban lo que podían y salían corriendo.

–¿Cuánto tiempo tienes pensado quedarte en Grecia? –preguntó él al ver que ella no contestaba.

Miró brevemente a su padre, reunido con otros hombres de la familia. Su primer objetivo era pedirle perdón por su comportamiento en el pasado, pero no sabía si iba a darle la oportunidad.

–No estoy segura. Aún no lo tengo decidido.

–En ese caso, debes asistir a mi boda –respondió Dimos, entusiasmado.

–No quiero estorbar.

–¿Estorbar? –él sonrió–. Es imposible. Eres de la familia.

Ojalá fuera cierto. Siempre se había sentido una extraña, una carga, y normalmente no lo llevaba mal, pero todo había cambiado con la muerte de su madre. Quería sentirse amada, aceptada, parte de una familia.

–Di que sí.

–¿Sí, a qué?

Aquella voz grave la dejó paralizada. Stergios Antoniou estaba allí. Tragó saliva.

–La he invitado a mi boda –explicó Dimos, con un toque desafiante.

–No creo que haya sitio para nadie más.

–Haré que lo haya –dijo Dimos, mirando a Jodie–. La boda se va a celebrar en una isla propiedad de la familia de Zoi y es pequeña, pero no tanto.

El pánico comenzó a roerla por dentro en un intento de escapar por su piel. El instinto le decía que saliera corriendo, pero permaneció inmóvil como una estatua.

–No quiero causaros molestias ni a tu novia ni a ti.

–Qué tontería –el joven sonrió–. Voy a decírselo a Zoi ahora mismo.

Y Dimos se fue en busca de su novia. Quiso salir corriendo y esconderse en el último rincón, pero sabía que debía ser valiente. O aparentarlo. De refilón vio el traje blanco de lino de Stergios, y se obligó a volverse. Alzó la mirada.

El aire se le atascó en la garganta. El pelo negro azabache de Stergios le llegaba a la altura del mentón, y la sombra de la barba casi ocultaba la cicatriz blanquecina que tenía en el labio superior. Aquel no era el Stergios que ella conocía, y parpadeó varias veces. Antes llevaba siempre el pelo escrupulosamente corto y se afeitaba dos veces al día. Ahora parecía incapaz de contener su lado salvaje.

La miró de arriba abajo con sus ojos castaños fríos como el invierno.

–No sé qué pretendes conseguir...

–Yo no le he pedido que me invitara –le cortó–. Me ha invitado él y no ha habido modo de rechazarle.

–A lo mejor no te ha entendido bien –replicó Stergios–. No te explicas demasiado bien cuando quieres decirle que no a un hombre.

Se tragó la bofetada y contuvo las ganas de lanzarle el agua del vaso a la cara. Su fachada de serenidad se estaba resquebrajando. Era incapaz de mantener el control con su hermanastro, así que, si no quería tener una escena, era mejor alejarse de él.

–No me confundas con las mujeres con las que tú te relacionas –le espetó, y dio media vuelta.

–¿Ya huyes?

–Yo no huyo. Ese es tu movimiento favorito, querido hermanastro.

El músculo que se le contrajo en el pecho fue el único síntoma de que el dardo se había clavado en la diana.

–Eres especialista en crear desastres y desaparecer sin dejar rastro mientras los demás tienen que afrontar las consecuencias. La fusión se vino abajo aquella noche porque de pronto Dimos dijo que no quería casarse. Me ha costado años llevar la boda Antoniou-Volakis hasta este punto.

–Yo fui desterrada –le espetó–. Hay una diferencia.

–¿Desterrada? Siempre te ha gustado dramatizar.

«Y tú siempre has sido frío y odioso». Bueno, no. Stergios se mostró tolerante cuando ella se fue a vivir con la familia por primera vez. Fue su único aliado, su verdadero confidente. Pero poco a poco había ido distanciándose, volviéndose incluso hostil. Había sido un alivio y una agonía que se pasara su dieciocho cumpleaños lejos de casa, trabajando en un proyecto. Cuando volvió unos meses más tarde, la alegría del reencuentro le duró poco, porque cada vez estaba más claro que Stergios no soportaba estar en la misma habitación que ella.

–Si has sido desterrada, ¿por qué has vuelto? No eres de las que perdonan fácilmente.

–Estoy aquí para arreglar la relación con mi padre –confesó, hablando despacio.

–¿Y eso es todo?

No. Quería lograr ser una prioridad para su padre. Siempre lo había querido, pero había intentado ganarse su atención del modo equivocado cuando era una adolescente.

Pero de pronto entendió la pregunta de su hermanastro.

–¡Ah! Crees que he venido para vengarme, o para malograr la fusión que tanto necesitas. Pues siento desilusionarte, pero la familia Antoniou no vale ni un minuto de mi tiempo.

–Has vuelto justo para la boda de Dimos y Zoi –la contradijo.

–Siento no haber recibido la carta de la familia en la que se me comunicaba el evento –le espetó–, o habría elegido mejor el momento de mi visita.

E iba a marcharse, pero Stergios adivinó su movimiento y la sujetó por un brazo. La piel le abrasó al recordar su último contacto.

–No me fio de ti –le susurró él al oído.

–No me importa.

–Apártate de Dimos –advirtió.

–Será un placer –respondió ella, obligándose a mirarlo a los ojos–. Suéltame.

Jodie vio un remolino de emociones en su rostro antes de que la soltara.

–No tengo interés alguno en Dimos –continuó, incómoda por lo que le ardía la piel donde él la había tocado–. No lo seduje entonces, y no ando tras él ahora.

–¿Por qué iba a creerte? Eres una mentirosa.

Jodie sintió la acometida de la rabia. Sí, en el pasado había mentido, pero empujada por un estúpido e instintivo intento de proteger a Stergios. Había hecho un sacrificio por él, pero no se daba cuenta, no lo apreciaba, y el dolor y la injusticia le encogieron el estómago.

–Y, si hubiera querido seducir a Dimos, no habrías podido hacer absolutamente nada para impedirlo.

–Te lo advierto, Jodie...

–Podría habérmelo llevado a la cama así –continuó a pesar de sí misma, y chasqueó los dedos. ¿Por qué lo estaba haciendo? ¿Por qué quería provocarle?–. Y desde luego nunca habría elegido la fría pared de una oscura bodega.

Se miraron el uno al otro, atrapados ambos en recuerdos incómodos. Ella recordó el dolor de su espalda al apretarse contra la húmeda pared de ladrillos. Recordó cómo había lamido la piel de Stergios, y se sonrojó al acudirle a la memoria las palabras incoherentes y los suspiros ahogados de ambos.

No debía pensar en eso. Allí, no. En aquel momento, no. Nunca.

–Podría haberme puesto en contacto con Dimos cuando hubiera querido a lo largo de estos años. Y él lo habría dejado todo con tal de poder acostarse conmigo.

–Así que sabes el poder que tienes sobre él.

Ahora, sí; cuando tenía dieciocho años, no.

–Soy consciente del poder que ejerzo sobre los hombres en general. Dimos solo es algo más susceptible que otros.

–¿Y por qué crees que lo es?

–Yo no le he dado alas de ninguna clase, pero vuelve a echarme y lo sentenciarás –le amenazó casi en un gruñido.

Stergios abrió las piernas como quien se prepara para la batalla.

–¿Te atreves a amenazarme?

–Hay muy poco a lo que no me atreva –replicó ella, aunque le temblaban las piernas–. He venido para estar con mi padre, pero, si tú te empeñas en impedírmelo, yo haré lo que sea para impedir la fusión Antoniou-Volakis.

Su expresión quedó desprovista de ira o de cualquier otro sentimiento. Se transformó en una máscara que la impresionó más que su furia.

–No sería muy difícil –continuó, aunque sabía que debía dejar de hablar–. Lo único que tengo que hacer es mover este dedo y Dimos...

–Siempre has sido una fuerza destructiva, pero no voy a permitir que destruyas a esta familia.

–Los Antoniou me importan un comino.

La familia era, simplemente, un obstáculo para alcanzar su objetivo, pero no le quedaba más remedio que tolerarla si quería crear ese vínculo con su padre.

—Lo mejor será que te vayas y no vuelvas nunca.

No tenía que haberle dicho nada. Podía impedirle alcanzar su objetivo. En realidad, debería haber planeado mejor su estrategia para el momento de reunirse con su padre. Había sido demasiado impulsiva, demasiado impaciente, y estaba demasiado asustada ante la posibilidad de volver a ser rechazada, pero no podía mostrárselo a Stergios porque lo utilizaría en su contra, así que se irguió y alzó la barbilla.

—Esto escapa a tu control.

Su sonrisa la heló por dentro.

—No sé cómo has podido pensar eso.

—Tengo todo el derecho del mundo a estar aquí.

—Y yo tengo el derecho y el deber de proteger a mi familia cueste lo que cueste.

Eso lo sabía desde siempre.

—Según Dimos, yo también soy de la familia.

—Pues yo nunca te he considerado uno de los nuestros.

Esas palabras le habrían hecho daño cuando tenía quince años, pero a aquellas alturas, le resbalaron.

—Para ti es más fácil pensar así, ¿verdad? —le preguntó, acercándose más—. Duermes mejor por las noches, ¿no?

La máscara cayó por fin de su cara, dejando expuesta la ira que añadía un matiz rojizo al dorado de su piel. Pareció replegarse sobre sí mismo, preparando el ataque, y Jodie sintió que se le contraía el pecho al ver la mueca de su boca, tirante en el punto de la cicatriz.

–Al fin y al cabo –le tembló la voz–, el gran, el virtuoso Stergios Antoniou es un hombre digno de confianza y capaz de hacer siempre lo correcto. Busca siempre la excelencia y la disciplina. Él jamás tendría un encuentro sexual con una virgen sin casarse después con ella.

Le vio apretar los dientes y supo que su cinturón de contención estaba reventando. Acababa de enfadar mucho a su peor enemigo, al más peligroso. Debería salir corriendo y buscar refugio... o mejor, pedir clemencia. Pero era incapaz de contener el torrente de palabras.

–Él nunca seduciría a su hermanastra de dieciocho años, ¿verdad? Y menos aún se largaría después sin mirar atrás para luego arrojarla a los lobos.

Vio que el odio salía a borbotones de su mirada y quiso dar marcha atrás. ¿La odiaría por recordarle aquel momento de debilidad o por mostrarle la clase de hombre que era en realidad?

–Pero yo conozco al verdadero Stergios Antoniou. Lo conocí aquella noche, hace ya cuatro años. Eres como cualquier otro de los que he conocido. Puedes amenazarme cuanto quieras, querido hermanastro, pero yo voy a correr el riesgo.

Capítulo 2

¿TE APETECE otro café, Jodie? –preguntó Mairi Antoniou.

–No, gracias.

Su padre y Mairi estaban sentados frente a ella, al otro lado de la mesa del desayuno. Lo que debería haber sido una comida íntima estaba siendo casi una incisiva entrevista. Ojalá pudiera pasar un tiempo a solas con su padre, pero parecía que iba a ser difícil.

Miró a su alrededor. Aquel pequeño comedor seguía siendo una habitación recargada y muy formal. Aquellas sillas de marfil resultaban bastante incómodas y había un buen número de retratos de los ancestros de Mairi colgados de las paredes pintadas de verde mar. Una vez más pensó que Stergios no le debía su físico privilegiado a la rama materna de la familia.

Posó la mirada en un retrato de su madrastra, y se preguntó cómo sería sentirse rodeada de familia y tradición. Algunos de los Antoniou más jóvenes encontraban las costumbres de la familia un poco asfixiantes, pero para ella habría sido un cómodo privilegio continuar con las tradiciones.

Bajó la mirada. El plato que tenía delante, blanco con el borde dorado, había ido pasando de generación en generación. Solo un invitado no familiarizado con los Antoniou habría podido pensar que aquel desayuno había sido planeado para celebrar la vuelta de la hija pródiga, pero no. Aquella familia siempre desayunaba así: dulces, aceitunas, queso y tortitas griegas.

–Espero que encuentres adecuada tu habitación –dijo Mairi.

–Gracias.

Era la misma en que se había alojado años atrás, separada del resto de la familia, pero daba igual. Estaba dispuesta a aceptar lo que le dieran y a ganarse la aprobación de su única familia.

–¿Qué planes tienes para hoy? –preguntó su padre, dejando en la mesa el periódico y levantándose.

–Tengo que buscar un regalo de boda para Dimos y Zoi.

–¿No necesitas también ropa para la boda? –sugirió Mairi, mirando el vestido verde brillante que llevaba puesto–. Va a ser una ceremonia muy... conservadora.

Jodie asintió. Mairi había sido inusitadamente contenida al no decir nada sobre el largo de su falda y sus altísimos tacones.

–Entiendo.

–Siento que tengamos que dejarte cuando acabas de llegar –continuó su madrastra mientras Gregory le apartaba la silla–, pero tu padre y yo tenemos asuntos que atender en la ciudad.

–No tenéis por qué pensar que debéis entretenerme.

–Estás en tu casa –le dijo él, dándole una palmada en la espalda que resultó incómoda.

«En tu casa». Aquella mansión nunca había sido su casa. Había llegado allí con quince años, expulsada de otro internado, y tuvo la sensación de estar a prueba nada más poner un pie en el vestíbulo. Ahora sus actos sí que iban a marcar una diferencia, para bien o para mal. Un error, y su padre la echaría.

Se levantó de la silla y salió al pórtico, desde el que se disfrutaba del colorido jardín, del aroma de sus flores exóticas y el gorgoteo de una fuente en la distancia. Sintió que la tensión se rebajaba. Podría decirse que tenía todo un paraíso para ella sola.

Recordaba haber pasado muchas horas en los caminos de grava que recorrían el jardín para escapar de la casa, o bañarse desnuda en el lago hasta que su madrastra la pillaba. También le gustaba subirse a los árboles, tan arriba como podía, muchas veces haciendo caso omiso de la exasperación de Stergios.

Cuando llegó por primera vez a aquella casa, pensó que tener muchos parientes sería una bendición. Al ser una hija única que se había pasado la vida en internados desde que tenía seis años, la idea de una familia numerosa era tan tentadora como extraña, pero no era fácil ser la extraña en una familia tan unida.

Tuvo que ser desterrada para que se diera cuenta de que el hogar de los Antoniou era más que una joya. La casa y sus jardines eran una fortaleza para la familia. Mairi solo se sentía a salvo cuando estaba en casa, rodeada de sus seres queridos.

Los Antoniou no confiaban en ningún extraño, salvo en Gregory, y entendía que fuera así. Habían depositado su confianza en uno de los suyos y habían tenido que pagar un alto precio.

Nunca se recuperarían del secuestro de Stergios cuando era un niño.

No conocía la historia en profundidad, ya que todos parecían haber firmado un pacto de silencio sobre ese episodio. Sabía que Mairi y su exmarido estaban en medio de una agria disputa por la custodia tras el divorcio, y que el padre de Stergios contrató a alguien para que raptara a su hijo, que tenía tan solo siete años.

Parpadeó para evitar las lágrimas. Mairi era una auténtica tigresa protegiendo a su único hijo, pero no lo encontró hasta que tenía ya nueve años. Stergios había vivido huyendo constantemente y en unas condiciones lamentables, de las que salió con varias cicatrices, malnutrido y atormentado por la experiencia.

A partir del momento en que lo recuperaron, la casa y los jardines se volvieron impenetrables, lo mismo que la familia en sí.

Con ese pensamiento en la cabeza volvió al porche, y por el rabillo del ojo captó un movimiento. Era Stergios, que volvía de correr a buen ritmo por uno de los caminos de grava. Era ya demasiado tarde para intentar desaparecer. Intentó no reparar en que solo llevaba puestos unos pantalones de correr y cómo el sol hacía brillar su piel dorada. Pasó brevemente la mirada por sus hombros anchos y bien perfilados y por sus brazos de músculos firmes, y sin querer sintió un calor arderle en el vientre. Él no alteró su ritmo hasta que no llegó al porche, pero parecía decidido a ignorar su presencia.

–No sabía que seguías viviendo aquí –le dijo ella.

–Y no vivo aquí –respondió él sin volverse.

El sudor le caía por la espalda, pero no parecía tener la respiración alterada.

–Tengo mi casa, pero suelo quedarme aquí cuando estoy en Atenas –contestó, estirándose. Jodie se quedó hipnotizada con el movimiento de sus músculos y las cicatrices ya no muy marcadas que le cruzaban la espalda, y decidió plantarse delante de él. Resultaba irritante que no se dignara ni a mirarla.

–¿Cuánto tiempo tienes pensado quedarte?

–El tiempo que estés tú, *pethi mou* –contestó–. Solo he venido para vigilarte.

–¿Cómo? ¿Por eso me habéis invitado a venir a esta casa? ¿Para facilitarte la vigilancia?

–Ha sido un detalle que aceptaras –replicó él, brillándole los ojos–. ¿Vas a hacer ya las maletas? –se burló.

Jodie apretó los dientes.

–¿Por qué iba a hacerlas, si estoy logrando lo que pretendía?

–¿Seguro? Dimos no vive aquí.

–Estupendo. Así no tendrás que seguirme como un perro guardián y podrás dedicarte a apartar a las otras mujeres que lo acosen. Dispondrás de mucho más tiempo.

Hubo un momento de tenso silencio.

–Esa no fue la única razón por la que te separé de Dimos.

–Por supuesto que sí. Si se acostaba conmigo, una mujer supuestamente bajo la protección de la familia, tendría que casarse conmigo en lugar de hacerlo con la rica heredera de vuestra elección –hizo una pausa. No sabía si debía seguir–. Ni siquiera sabes por qué bajamos aquella noche a la bodega, ¿verdad? Íbamos a abrir una de las botellas buenas cuando todo el mundo se hubiera ido.

–No es lo que a mí me pareció cuando os separé.

Lo miró frunciendo el ceño. Cuando Stergios había intervenido, Dimos la había agarrado y estaba metiéndole la lengua hasta la garganta, y no era abrazarle lo que ella pretendía, sino apartarle.

–Dimos nunca me había interesado. ¡No tenía la más mínima intención de acostarme con él!

Stergios alzó las cejas.

–Entonces, ¿cómo explicas lo que pasó entre nosotros?

Se sonrojó. Con él, había sido distinto. Cuando volvió tras el último intento fallido en el internado, se sintió consciente del intenso atractivo sexual de su hermanastro, y, cuando Stergios empujó aquella noche escaleras arriba a Dimos, los dos se enzarzaron en una discusión que parecía haber estado latente las últimas dos semanas. Fue un intercambio de palabras envenenadas en el que ninguno de los dos se guardó nada.

Aún después del tiempo transcurrido, Jodie seguía sin saber qué había ocurrido a continuación. ¿Cuál había sido el detonante? ¿Había dado ella el primer paso, o había sido él? Lo único que sabía con certeza era que sus bocas se habían encontrado y su beso y sus caricias la habían hecho libre. Era como si ambos hubieran roto sus jaulas. Le había animado a darle todo lo que tenía, y su encuentro había sido rápido y feroz. No había vuelto a experimentar nada parecido.

–Te busqué después de aquella noche –confesó él, inesperadamente.

–No. Eso no es cierto. Saliste huyendo como alma que lleva el diablo. ¿Adónde fuiste? –preguntó Jodie con suavidad.

–No importa –él suspiró.

A ella sí que le importaba porque se había sentido rechazada, abandonada, utilizada.

–Te habías marchado de Grecia cuando volví –dijo Stergios, mirando hacia el jardín–, y me fui a Estados Unidos en tu busca. Supuse que estarías en casa de tu madre, pero ya te habías marchado para cuando quise llegar a Nueva York, y ella no quiso ayudarme.

Jodie asintió. Carla Little no era de esas madres entregadas a sus hijos que necesitaban saber siempre qué estaban haciendo.

–Mi madre estaba en pleno acuerdo comercial que determinaría su legado –explicó–. No podía permitirse ninguna distracción.

–Seguí buscándote de todos modos –admitió él a regañadientes–, pero nadie parecía saber dónde estabas.

Sus padres no tenían interés alguno por conocer su paradero.

–Sabía cómo cuidarme sola. ¿Por qué era tan urgente encontrarme?

–Quería saber cómo estabas.

Jodie se sorprendió. De todas las personas presentes aquella noche, él había sido el único que había intentado ponerse en contacto con ella, a pesar de haberle dejado muy claro lo poco que le gustaba y lo poco que significaba para él.

Stergios la miró fijamente.

–Tú eras virgen y yo fui muy... rudo.

–Un momento... ¿ibas a pedirme que nos casáramos? –preguntó, con los ojos abiertos de par en par. Sabía cómo pensaban en la familia Antoniou: los hombres se casaban con las vírgenes y tenían aventuras con las experimentadas.

–Aquella noche no usé protección –sintetizó, como si todo lo ocurrido fuese en contra de su código de honor–. Necesitaba saber si había tenido consecuencias.

Ya. Así que no le preocupaba tanto ella como el hecho de que pudiera haber un hijo ilegítimo. Qué desilusión. Hubiera querido hacerse un ovillo allí mismo para poder contener el dolor.

–No las hubo –le dijo en voz baja.

–Sabía que tenía que intentar encontrarte porque no me habrías dado esa información voluntariamente.

No necesariamente, pero él siempre asumía lo peor cuando se trataba de ella.

–Y si eso era lo que pensabas, ¿por qué dejaste de buscarme? Estaríamos hablando de un hijo tuyo, el heredero de la familia –declamó, alzando los brazos–. Habrías buscado por el mundo entero si hubieras creído que era posible.

–Dejé de buscar unos meses después –su expresión se endureció–. Vi una foto tuya en la red y desde luego no estabas embarazada.

–¿Qué foto? –quiso saber ella.

–Estabas en un yate en el Caribe con ese playboy de sangre azul.

Jodie se encogió. Lo del príncipe había sido un error. Ella estaba buscando amor, tan desesperada por encontrarlo y sentirse amada que no se dio cuenta de que era eso, un playboy. Por desgracia, no fue el último

–Entiendo –respondió, al ver una mueca de desprecio en su cara–. Y entonces ya dejó de importar que fuera virgen o que tuviera solo dieciocho años.

–Puede que yo fuera el primero para ti, pero no tardaste en echarte en brazos del siguiente hombre que mostró el más mínimo interés –dijo Stergios, y se dio la vuelta–. Y dejaste de ser mi problema.

«Y dejaste de ser mi problema». Esas palabras se le quedaron grabadas mientras veía a Stergios desaparecer en el interior de la casa.

Respiró hondo. Había cercenado implacablemente cualquier contacto con ella para seguir adelante sin dar siquiera un traspiés. Era un temor con el que se había enfrentado constantemente: el miedo a ser invisible, a quedar olvidada. Y no tenía ni idea de que fuera tan fácil.

Pero ella sabía lo que tenía que hacer. Trabajaría más duro para hacerse inolvidable. Utilizaría su fortuna para transformarse en un miembro indispensable de la familia. El dinero podía cambiarlo todo.

Capítulo 3

HABÍA subestimado a Jodie, se dijo Stergios aquella misma noche tras la cena. No solo se había ganado la atención de su padre al mencionar un regalo caro que quería hacerle por su cumpleaños, sino que había sacado un sobresaliente en el área que él creía que era su punto flaco: se había comportado como la invitada perfecta, deleitando a los más agrios de sus tíos con sus comentarios y haciéndose amiga de las esposas más jóvenes y las prometidas.

Tenía que admirar su estrategia. Se había aproximado al círculo exterior de la familia e iba ganando aliados. No podía permitirlo.

Apoyado contra el pilar de la barandilla, la vio bajar la escalera como lo haría una reina. Se había vuelto a pintar los labios de rojo rabioso y la mirada se le iba constantemente a su boca. No podía echarle la culpa a su vestido negro de manga larga. Debería ser modesto, pero se ceñía a su cuerpo maravillosamente. La línea blanca que descendía haciendo zigzag desde el hombro hasta la cadera era el más puro estilo Jodie. A pesar de sus intentos de mezclarse con la gente, no conseguía pasar desapercibida.

—Buena representación la de la cena —le dijo cuando llegó cerca.

—No sé de qué hablas —respondió Jodie, altiva.

–Has estado muy digna –continuó él. Recordaba perfectamente las veladas de otra época, en la que no podría decir si era tan provocadora deliberadamente, o es que era incapaz de contener la lengua–. Ahora vas con pies de plomo. No es propio de ti.

–Sé lo que se espera de mí.

–Especialmente si un movimiento equivocado puede dañar tus opciones con esta familia. ¿Qué es lo que quieres de nosotros? ¿Posición? ¿Algún favor?

–Como ya te he dicho, no quiero estar alejada de mi padre.

–¿Por qué?

–Es mi padre –respondió ella, frunciendo el ceño.

–También es quien te echó de tu casa.

Y para alguien como Jodie, eso era imperdonable.

–Aquella noche estábamos todos muy nerviosos. Dijimos e hicimos cosas que luego hemos lamentado, y ya es hora de perdonar y pasar página.

–¿Crees de verdad que Gregory lamenta lo que hizo? –preguntó él, alzando las cejas–. ¿Que quiere que lo perdones?

Ella dudó y miró hacia el salón en el que su padre charlaba con los invitados.

–Yo solo puedo hablar por mí.

–¿De verdad no te hizo desconfiar que eligiera precisamente aquella noche? –preguntó Stergios, cruzándose de brazos y mirándola fijamente–. Te echó justo cuando cumpliste los dieciocho años.

Ella se volvió de inmediato y lo miró con desprecio.

–Fue Mairi quien me echó. Esta es su casa, y a mi padre no le quedaba más remedio que aceptarlo.

–Y había dejado de recibir ayuda económica de tu madre por tu manutención.

El golpe había sido duro, y le hizo apretar los dientes.

–¿Crees que mi padre solo me toleraba por ese dinero?

Lo había pensado así en muchas ocasiones. Gregory tenía la custodia de su hija, pero la enviaba constantemente a internados al otro lado del mundo, y, cuando la tenía lejos, era como si se olvidara de su existencia. Cada vez que la expulsaban y volvía con ellos, se encargaba de dejar bien claro que iba a ser solo de manera temporal.

–No se deshizo de mí en cuanto pudo hacerlo. Hacía meses que había cumplido los dieciocho años.

Le había hecho daño. Por su forma de sonreír lo sabía. Había puesto en palabras un temor que ella debía de llevar bien arraigado en el corazón, y hacerlo no le proporcionó placer alguno, pero sabía que no podía ablandarse si quería que se marchase. Tenía que ir a por la yugular.

–Todo el mundo sabía que Gregory quería tener la custodia para poder vivir de la pensión.

–Sí, oí lo que se dijo durante el proceso de divorcio. Fue un argumento que esgrimió uno de los abogados, y no por eso es más verdad.

Y, dicho eso, dio media vuelta para entrar en el salón.

–¿Por qué vas a querer mantener una relación con un hombre que solo ha mostrado interés en tu dinero? –insistió él.

–Quizás deberías hacerle esa pregunta a tu madre –le espetó, aunque había logrado mantener una expresión educada–. Mi padre se casó con Mairi por dinero. Y ella se casó con él porque es un acompañante respetable. No supone ningún peligro para su fortuna o para su familia, al contrario que tu padre.

Stergios apretó los dientes. Nadie hablaba de Elias Pagonis en aquella casa. Nadie.

Jodie dio un paso hacia él como si no fuera consciente de la granada que acababa de soltar.

–Mairi y mi padre llevan diez años casados y ahora se quieren. ¿Tan imposible es que pueda ocurrirle lo mismo con su única hija?

–¿Vas a comprar el amor de tu padre con tu herencia, con la esperanza de que algún día ocurra el milagro?

–¿Crees que solo así puedo conseguir que me quieran? ¿Pagando?

Stergios oyó su voz resquebrajarse y aquel sonido le hizo estremecerse.

–Ten cuidado con ese plan –le advirtió–. No tardarás en quedarte sin dinero. Y, cuando eso ocurra, no le servirás de nada a tu padre.

–¿Por qué quieres aconsejarme, Stergios? No me creo que sea fruto de tu negro corazón, porque, si mi padre pierde interés por mí, favorecerá tus intereses.

–Porque no me trago que sea esa la explicación de tu presencia aquí. No es posible que hayas aceptado que Gregory se deshiciera de ti.

–No se deshizo de mí –replicó ella, y, extrañamente, Stergios vio que sus ojos azules se humedecían–. Tuvo que elegir entre su mujer y su hija.

–Y volverá a repetir su elección una y otra vez. Tienes dinero, pero con nosotros no puedes competir.

–No pretendo apartarlo de tu madre.

–Es aún peor: lo que quieres es formar parte de la familia. ¿De verdad crees que vamos a bajar la guardia y dejarte entrar?

–Por supuesto que no. Si no ocurrió antes, ¿por qué iba a ocurrir ahora? No soy tu enemiga, Stergios. No tengo la capacidad de hacer daño a nadie.

–No estoy de acuerdo. Ya he visto el daño que puedes causar sin proponértelo.

Jodie apretó los labios.

–No me eches a mí toda la culpa.

–Tú siempre has sido el problema. Si no me provocabas dolores de cabeza, te dedicabas a destruir todo lo que era importante para mí. No puedo dejar que te quedes estando la boda de Dimos tan cerca.

Jodie lo miró en silencio un momento antes de erguirse con orgullo.

–Siento saber que nada está saliendo como tú quieres, Stergios, pero será mejor que te vayas acostumbrando.

Esa mujer no se estaba enterando de nada, pensó Stergios mientras la veía entrar en el salón. Jodie daba por sentado que jugaba limpio, pero, cuando se trataba de proteger a la familia, el código de conducta de caballero dejaba de dirigir sus actos. Había aprendido muy pronto en la vida lo que conllevaba una pelea a muerte: seguir la ley de la selva. Con eso, siempre ganaba. Siempre.

–¿Stergios?

Era Zoi Volakis. ¿Cuánto tiempo llevaría detrás de él? Era una joven menuda, con unas facciones muy marcadas y que se vestía como cualquier otra de su círculo social.

–Quería preguntarte... ¿qué relación tiene Jodie exactamente con esta familia?

–Es la hija que tuvo Gregory en su anterior matrimonio.

–No se parece nada a él. Y actúan como si no se conocieran.

Así que no era el único que se había dado cuenta.

–Es que son estadounidenses. De Nueva York.

–Eso debe de ser –Zoi sonrió–. ¿Cuánto piensa quedarse?

Había empleado un tono desenfadado, y eso le puso en alerta.

–No lo ha dicho. ¿Por qué?

Zoi parecía indecisa.

–Está muy unida a Dimos.

Stergios miró a su alrededor en busca de su primo y los vio juntos, al lado de una ventana, apartados del resto de invitados.

–Crecieron en la misma casa. Son primos –respondió, sintiendo cómo la frustración y algo oscuro y peligroso crecía en su interior.

Reconoció la expresión deslumbrada de Dimos.

–¿Hay algo que yo deba saber?

–No, claro que no –le contestó–. Dimos quiere casarse contigo.

Ella asintió, pero no parecía muy aliviada.

–Dimos y yo no nos casamos por amor, pero yo me tomo muy en serio este compromiso. Me caso porque es mi deber para con mi familia.

Stergios se puso en guardia al oír la amenaza velada por el tono educado. Lo que le faltaba.

–Dimos es consciente de lo importante que es la fusión para las dos familias.

–Bien, pero no soy tan sacrificada como se podría pensar –Zoi sonrió–. Esa debe de ser la explicación –miró a Dimos y se irguió con el orgullo herido–. He tolerado los retrasos y las dificultades antes de que nos comprometiéramos, pero no pienso dejarme humillar por la mirada errante de mi marido.

Stergios la vio salir con los dientes apretados. Estaban tan cerca de la deseada fusión... pero todo podía irse abajo en los próximos días, y en parte era culpa suya. Había presionado demasiado a Jodie y había herido sus sentimientos, a lo que ella había contraatacado del único modo que podía hacerlo.

Se acercó a ellos. Parecían estar en un mundo propio, la cabeza de uno al lado de la del otro, pero Dimos le vio acercarse.

–¿Qué pasa? –preguntó, dando un paso hacia delante.

–Mantente alejado de Jodie –le advirtió en voz baja y fiera.

–¿Por qué? Tú puedes odiarla cuanto quieras, pero eso no...

–No se va a meter en la cama contigo.

Con satisfacción vio que Jodie, sin decir una palabra, salía del salón y se dirigía a las escaleras. Perfecto. Ya no tendría que preocuparse por ella durante toda la velada.

–Pero ¿qué demo...?

–Se te está insinuando porque yo le dije que no lo hiciera –cortó el ultraje de su primo–. ¿Es que no has aprendido nada de esa mujer?

–¡No tienes derecho a...!

Stergios se inclinó hacia delante y comprobó con satisfacción que su primo daba un paso atrás.

–Si esta boda no llega a buen puerto, si intentas algo con Jodie, te echo de la familia. Se supone que estás comprometido –le recordó, sintiendo la rabia como lava por dentro–, así que compórtate como tal. Vete a buscar a tu prometida y recuerda: Jodie Little no existe para ti.

Stergios dio media vuelta y se obligó a sonreír antes de mezclarse con los invitados.

«Solo un par de días más», se dijo Jodie, apoyando la cabeza en el respaldo de suave piel del asiento. Dos días no era nada, y sin embargo ser consciente de ello no alivió la tensión que le retorcía el estómago. La boda de Dimos se celebraría al día siguiente por la noche, y así podría demostrarle a Stergios que no albergaba ningún deseo de venganza o destrucción. Pero la intuición le decía que aun así no iba a dejarla en paz. Estaba decidido a encontrar el modo de echarla de allí.

Stergios iba sentado a su lado, leyendo en la tablet. Más bien parecía haberse vestido para un funeral que para una boda, todo de negro, desde el traje a la corbata. Parecía de mal humor desde que habían salido de la casa, y ella había intentado no prestarle ninguna atención.

Cruzó las piernas y dio unos golpecitos con el tacón de aguja del zapato en el suelo.

–Sigo sin entender por qué tenía que venir a la boda contigo.

–Cuestión de logística –respondió él, sin apartar la mirada de la pantalla.

–Tienes miles de parientes, ¿y ninguno podía hacerme un hueco?

–Ninguno.

–Ya. No tiene nada que ver con que no quieras perderme de vista hasta que Dimos se haya casado.

–Exacto, *pethi mou* –murmuró distraídamente.

Había sido su sombra durante los últimos días. Daba igual si le hablaba sin parar o si no le decía una palabra, si quería tener un momento de intimidad con su padre o si pretendía perderse entre la multitud de una fiesta. Siempre aparecía a su lado.

Volvió la cabeza para mirar por la ventanilla. No le gustaba nada aquel cielo tan oscuro, ni las olas que chocaban las unas con las otras en el mar Egeo. Ojalá no tardasen en aterrizar.

Justo entonces, el helicóptero comenzó a descender. Se había imaginado que la isla sería como una especie de parque de atracciones, con sus playas de arena blanca, sus campos de golf y todo lo demás, pero el aspecto de aquella isla era el de un lugar deshabitado, cubierto de árboles.

Bajó del helicóptero con un movimiento bastante poco elegante, debido a que se había negado a aceptar la ayuda de Stergios. Llevaba un vestido de color naranja y unos altísimos tacones.

–¿Dónde está tu maleta? –le preguntó al verle llegar con las de ella.

–Todo lo que necesito está aquí –respondió él, dándole unas palmadas al maletín que llevaba.

Seguro. El tipo era escandalosamente sexy y no necesitaba arreglarse para estar estupendo. No era justo.

Tomaron un camino de grava y fue quedándose

rezagada por culpa de los tacones. Oyó despegar al helicóptero.

—Qué tranquilo es esto —comentó.

—Pronto va a dejar de serlo, seguro.

No se oía música ni conversaciones. ¿Qué clase de evento iba a ser aquel?

—Tal y como hablaba Zoi de su boda, creí que iba a haber más decoración —comentó, intentando apretar el paso.

Stergios no contestó, pero sí esperó a que llegara a su lado.

—¿Dónde está todo el mundo?

—En la isla Volakis, supongo.

Jodie frunció el ceño.

—Un momento. ¿Qué dices? ¿Es que esta no es la isla Volakis?

—*Oxi*, esta es mi casa.

Ella miró a su alrededor de nuevo. Había una playa de arena y árboles por todas partes. La isla estaba virgen y aislada, muy propio de él.

—¿Por qué hemos parado aquí? —miró a su alrededor y vio al helicóptero perderse en el cielo gris—. ¿No le has dicho al piloto que nos esperara?

—Volverá en tres días.

—¿Qué? No entiendo nada.

—No te marchaste cuando pudiste hacerlo, y tampoco te has mantenido alejada de Dimos, así que no me has dejado alternativa.

—Pero ¿qué dices? —preguntó boquiabierta.

—Que no vas a asistir a la boda. Vas a quedarte aquí conmigo hasta que yo decida que es seguro dejarte marchar.

Capítulo 4

N
O PUEDES hacer eso! –Jodie miró a su alrededor, y el olor del mar junto con la promesa
de lluvia le resultó de pronto insoportable. La
cabeza comenzó a darle vueltas y la respiración se le
aceleró–. No me has pedido opinión. Mi padre me
estará esperando, y le voy a avergonzar si no apa-
rezco.

–No puedes decidir. Y te sugiero que entres en la
casa antes de que descargue la tormenta.

Desde el helicóptero había visto una construcción
moderna, blanca, tejado plano, que creyó que sería la
casa de algún habitante de la isla, porque desde luego
no tenía aspecto de mansión.

–¿De verdad crees que te voy a seguir así, sin más,
solo porque tú lo digas? –abrió el bolso y sacó el móvil–. Te olvidas de que no soy una Antoniou que sigue
tus órdenes sin rechistar.

–Guarda eso. En la isla no hay Internet ni conexión
telefónica.

No podía ser. Un hombre tan importante y poderoso como Stergios Antoniou tendría lo último en
tecnología. Pero al mirar el teléfono vio que decía la
verdad.

–La gente se va a preocupar si no aparecemos

–dijo, detestando como su voz sonaba entrecortada–. Sobre todo tú. Tienes que estar en la boda. Has estado presente a cada paso del camino. ¿Llegará a buen puerto si no estás?

–Uno de mis asistentes llamará a mi madre para decirle que nos hemos detenido aquí por problemas técnicos –dijo con indiferencia, y ella le odió por eso.

–Has pensado en todo, ¿verdad? ¿Cuánto hace que tenías planeado todo esto?

–Se me ocurrió esta mañana. ¿Importa eso? –miró al cielo–. Tenemos que entrar.

–No.

Jodie miró a su alrededor. Tenía que haber algún bote. Una moto de agua. Algo. Encontraría el modo de escapar de allí aunque tuviese que peinar cada palmo de la isla.

–Ven, *pethi mou* –dijo él con impaciencia–. No hay nadie en la casa, pero estás a salvo conmigo. Eres mi invitada.

–¡Lo que soy es tu rehén!

Stergios se encogió. Incluso le pareció que se quedaba pálido.

–¿Qué has dicho?

–Ya me has oído. Me has secuestrado. Precisamente tú.

–No sabes de qué estás hablando –dijo él–. Esto no es un secuestro.

–Me estás reteniendo en contra de mi voluntad...

Su voz perdió intensidad al ver que él se acercaba.

–¿Te he metido a la fuerza en el helicóptero? ¿Estás encadenada? –Jodie vio en su mirada los viejos fantasmas del pasado, pero no podía compadecerse–.

Vas a tener una habitación para ti sola y toda la comida que puedas desear. Tendrás comodidad e intimidad, y se satisfarán todas tus necesidades.

–¿Siempre que haga lo que tú me digas? ¡Olvídalo! No pienso entrar en esa casa. ¿Cómo sé que no vas a encerrarme en una habitación?

–No hay rejas en las ventanas. Puedes entrar y salir siempre que quieras.

–Siempre que no salga de esta isla. Eso me convierte en una prisionera.

Él cerró los ojos y respiró hondo.

–Esto no es un secuestro.

Ella cruzó los brazos sobre el pecho.

–Entonces, déjame salir ahora mismo de esta isla.

–No –respondió Stergios con una calma sorprendente.

–Tendría que habérmelo imaginado. Por cosas como esta es por lo que intimidas a todo el mundo. Porque se nota que no eres el caballero que finges ser. Saben que eres un animal salvaje dispuesto a atacar en cualquier momento.

–Voy dentro –fue cuanto respondió él, llevándose una maleta en cada mano–. Tú puedes hacer lo que te dé la gana.

–¿Se puede saber qué narices he hecho para merecer esto? –le gritó cuando ya se alejaba–. ¿Por qué me odias tanto?

Stergios se volvió despacio. Su mirada era glacial, y fruncía el ceño.

–¿Odiarte? Jodie, tú me importas un comino.

–¡Mientes! Lo que pasa es que no te gusta cómo te sientes conmigo.

–Sigue soñando –replicó él con una sonrisa de medio lado.

–Lo supe aquella noche en la bodega –continuó Jodie–. Por eso saliste corriendo. Te daba vergüenza que pudiera tener tanto poder sobre ti.

Le daba vergüenza que, de todas las mujeres, fuera precisamente ella.

La tensión que desdibujó su sonrisa le confirmó que había dado en el blanco.

–Voy a hacer que lo lamentes –añadió Jodie–. Y la culpa será solo tuya.

Stergios se paseó por delante del ventanal que daba a la playa. Hacía horas que se había quitado la chaqueta y llevaba remangada la camisa. Se estaba haciendo de noche y la lluvia seguía cayendo con furia. Jodie no había intentado refugiarse. Estaba sentada en la arena mojada, encogida sobre sí misma. Tenía el pelo y el vestido empapados, y las olas del mar le lamían los pies descalzos. Era la viva imagen del cansancio, de la derrota, del secuestrado.

Se pasó las manos por la cara. Jodie siempre había sabido cómo encontrar una hendidura en su armadura, y estaba dispuesta a hacer lo que fuera por provocar una reacción en él. Pero no le iba a funcionar, porque aquello no era un secuestro.

Sabía bien cómo era estar secuestrado, encontrarse en ese estado de miedo y desorientación constante. Era al mismo tiempo un dolor lacerante y una especie de entumecimiento. Incluso había llegado a no sentirse humano a veces. Era un paquete, un peón. Le habían arrancado la infancia y la inocencia de un tirón brutal, y lo peor de todo era que había descubierto lo que era capaz de hacer y hasta dónde llegaría para recuperar la libertad.

No obstante... apoyó la frente en el cristal y se mantuvo de pie a pesar de que había empezado a sudar y la náusea le había revuelto el estómago. En realidad, había hecho lo mismo que su padre: organizar un secuestro. Después de tantos años resistiéndose a la posibilidad, la sangre había reclamado su tributo. Creía estar protegiendo a su familia manteniendo a Jodie alejada, pero lo que había hecho en realidad era descubrir uno de sus temores más hondos. Siempre había luchado por ser un hombre mejor que su padre, por distanciarse de todo cuanto él había representado, pero cada vez que se miraba al espejo era a su padre a quien veía. A pesar de sus logros y de sus conquistas, nada podía ocultar el hecho de que era hijo de Elias Pagonis.

Dio un paso atrás y se puso las manos en la cabeza. Tenía que arreglar lo que había hecho. Redimirse. Encontrar el modo de borrar sus actos.

Miró al cielo y vio a los árboles doblarse por el empuje del viento. No había modo de salir de la isla aquella noche con semejante temporal. Además, ¿estaba dispuesto a permitir que Jodie asistiera a la boda? ¿Correría ese riesgo?

Ya consideraría luego las consecuencias. Su obligación era no permitir que le ocurriese nada malo mientras estuviera allí.

Salió de la casa y el viento le arrancó la puerta de la mano, golpeándola contra la pared. Jodie se volvió al oírle y asustada intentó levantarse con los zapatos en la mano.

—Qué terca eres —le gritó él por encima del rugido de la tormenta.

—¡No me hables! Estoy furiosa contigo.

—¿Piensas quedarte aquí fuera toda la noche?

—¡Sí! Prefiero pillar una neumonía que ser tu prisionera.

—Siempre eliges la peor solución —farfulló él, apartándose el agua de la cara—. En lugar de mostrar un poco de sentido común, tienes que recurrir al drama.

—Y lo dice un hombre que ha pensado que el secuestro era la única solución.

Ya había tenido bastante. Se abalanzó sobre ella y agarrándola con fuerza, la levantó en vilo. Jodie pataleaba y gritaba.

—Como sigas, te tiro al suelo —la amenazó mientras cruzaban la playa.

—¡Inténtalo y te arrastro conmigo!

Entró en la casa y pasó por delante del fuego que había encendido en la chimenea.

—Hay dos dormitorios —le dijo, acercándose a la puerta—. El mío está al otro lado de la casa. Este es el tuyo. Puedes quedarte aquí cuanto quieras.

—¡Eso es lo que te gustaría! —replicó ella sin dejar de patalear—. ¡Que me quedara escondida aquí para que no me vieras y olvidarte de lo que has hecho!

—El baño está ahí —dijo Stergios, dejándola en el suelo y señalando una puerta—. Tus maletas están en el armario.

—¿Y eso es todo? —le espetó, plantándose delante de él; a pesar de su vestido empapado, no parecía frágil ni vulnerable–. ¿Eso es todo lo que tienes que decirme?

–Mejor que no te diga lo que se me está pasando por la cabeza en este momento.

–Que traerme aquí ha sido un error –se burló ella–. Has pensado que era una amenaza para el matrimonio Antoniou-Volakis y me has traído aquí para mantenerme alejada. Pero en realidad el único que corre peligro conmigo eres tú. Soy la única persona que ha conseguido que te vengas abajo. Te he visto. Sé quién eres.

–No eres tan especial –respondió Stergios, saliendo–. Tú eres la única que no se ha dado cuenta de que deberías temerme.

Y, tras decir eso, cerró la puerta a su espalda.

Una hora después, Jodie salía al salón. Podría haberse quedado bajo el agua caliente de la ducha toda la noche, pero lo último que quería hacer era esconderse en su habitación.

Se apretó el cinturón de aquella bata de seda corta, deseando tener algo más grueso, pero con suerte Stergios estaría en su dormitorio.

Miró a su alrededor. No le sorprendía que el refugio de Stergios en aquella isla fuera un lugar despejado, con pocos muebles pero escogidos. Siempre se había rodeado de una belleza exquisita.

Había unos hermosos ventanales que ofrecían una panorámica del mar. Las vigas vistas de los altos techos y el suelo de piedra parecían reflejar el entorno de la isla, y la chimenea moderna en el centro de la estancia era la pieza estrella de la casa. Sintió la tentación de acurrucarse en uno de aquellos sofás blancos y dejar que el fuego ya de llamas suaves la calentase. Pero primero tenía que buscar algo de comer. Entró en la cocina, una estancia grande e informal, pero se quedó parada en seco al ver a Stergios sentado a la mesa, con los pies descalzos, el pelo húmedo de la ducha, vestido con una camisa azul y unos viejos vaqueros. En la mano tenía un vaso de cristal con licor. No levantó la cabeza.

–Vete, Jodie.

No creía que la hubiera visto.

–Ojalá pudiera, pero mis movimientos están bastante limitados.

Él la miró en silencio.

–Tengo hambre –dijo ella, acercándose descalza como estaba a la nevera–. ¿Hay algo de comer para la prisionera? ¿Pan y agua, por ejemplo?

–Vuélvete a tu habitación. No estoy de humor para tener compañía.

Cerró la puerta de la nevera para mirarle. Nunca le había visto así, tan impredecible y turbulento.

–Ignórame. Eso se te da bien.

–Eres tú la que se niega a ser ignorada –Stergios sonrió–. Sabes bien cómo conseguir atención. No puedes evitarlo.

–No me gusta ser invisible –admitió ella.

–Nunca podría acusarte de eso.

Sirvió otra copa y se la ofreció.

–No, gracias. No bebo –respondió ella, apoyándose contra la encimera.

–Mentirosa. Fue una de las tres primeras razones

por las que te echaban de los colegios. Chicos, alcohol y mentiras.

–Razón de más para dejarlo, ¿no te parece?

Él alzó su copa a modo de brindis y la vació, dejándola después con un golpe sobre la mesa.

–Nunca te había visto así, Stergios –se sorprendió. Se movía siempre con gracia y fluidez, pero aquella noche parecía descoordinado–. ¿Estás borracho?

–Estoy en ello –respondió él, y hubo un momento de silencio–. Tienes razón conmigo. Soy el hijo de mi padre.

–Yo no he dicho eso.

–No tenías por qué. Yo... te he secuestrado, y, aunque no voy a poder borrar lo que he hecho, te compensaré. Un helicóptero vendrá a recogerte mañana a primera hora para que puedas asistir a la boda. Yo me quedaré aquí. Siento haberte asustado.

Tenía que haber algún truco. Stergios Antoniou jamás admitía una derrota.

–No me has asustado. Me has indignado.

–Típico de ti –Stergios se rio–. Ni siquiera tienes cabeza para sentir miedo. Debería advertirte que estoy de un humor muy peligroso.

–Stergios...

–Tú sabes bien de lo que soy capaz estando sobrio. Deberías irte a tu habitación.

Jodie ignoró el temblor de su vientre.

–No. No puedes deshacerte de mí como si no existiera.

–No lo comprendes –su voz sonaba ahogada–. Me siento a punto de explotar.

–Siempre estás así cuando estoy yo.

—Ten cuidado, *pethi mou* —le advirtió él, ladeando la cabeza.

—Sigues arrastrando la culpa por lo que ocurrió entre nosotros en la bodega. ¿Por qué? Yo soy igualmente responsable.

—Y te sientes culpable también —dedujo él—. Culpable por haber llegado demasiado lejos. Por rendirte a mí.

Jodie sintió un calor abrasarle la piel al recordar aquel momento.

—No me siento culpable.

—Entonces, ¿por qué mentiste? —preguntó Stergios, incorporándose—. Eso es lo que no logro comprender. ¿Por qué le dijiste a todo el mundo que no habíamos tenido sexo aquella noche?

—Nadie me habría creído —no era toda la verdad, pero sí algo que él podía aceptar—. Tu familia te considera un dios que no puede hacer nada mal, y a mí me trataban como a una plaga inevitable.

—Mentiste porque te avergonzabas.

—No, no me avergonzaba. Ni entonces, ni ahora.

Lo único de lo que se avergonzaba era de lo mucho que significaba para ella cuando para él, ella no significaba nada.

—Podrías haberte ahorrado aquella noche. Si les hubieras dicho que me había aprovechado de ti...

—¿Aprovechado de mí? Fui a tu lado a cada paso del camino —alzó la voz—. ¿Por qué iba a haberte acusado de algo así? Por eso mentí. Para protegerte.

—¿Protegerme? —graznó él.

—Sabía que te avergonzabas de lo que había pasado. Que te odiabas por ello. ¿Por qué iba a hacer publicidad?

–Yo no necesito tu protección –replicó Stergios con aspereza, levantándose–. Tú eres la que necesita protegerse de mí.

–De eso, nada.

–Aquella noche perdí el control, pero tú también –explicó con voz grave, acercándose a ella–. Desencadené algo salvaje. Lo sentí cuando estaba dentro de ti.

Jodie intentó no dejarle ver hasta qué punto le estaba alterando aquella revelación, pero el pulso le latía en la base del cuello y la lujuria le cortó la respiración.

–Y puedo volver a hacerlo –dijo él, mirándole la boca–. Una caricia y te vendrás abajo.

A Jodie le palpitaban los labios.

–Mataste lo que sentía por ti cuando me diste la espalda aquella noche.

–Lo que lo empeora todo, ¿no? –Stergios apoyó las manos en la encimera, atrapándola–. No quieres desearme –dijo, con una voz que sonaba hipnótica–. Yo soy el que puede quitarte el disfraz y volverte loca, y te da vergüenza responderme así.

–Eso no es verdad –tragó saliva.

–No pasa nada, Jodie –respondió, pegado a su oído, y ella percibió su olor, su calor, rodeándola toda–. Así es como me siento yo cuando estoy contigo. Y sigo sin poder evitarlo. Sin poder, y sin querer.

Hundió las manos en su pelo y Jodie puso las manos en su pecho, decidida a apartarlo, pero sus bocas se unieron y el placer más intenso la atravesó de lado a lado.

Stergios introdujo la lengua en su boca, sujetándole la cabeza con las manos y, agarrando puñados de su pelo, la devoró con un hambre feroz mientras ella se aferraba a sus hombros y adelantaba la cadera a su encuentro.

De pronto, se separó. Parecía aturdido. Ofuscado. Exactamente igual que la última vez.

Jodie no quería que parase, pero al mismo tiempo no tenía valor para ir a buscarlo. A ella le temblaban las piernas, y él tenía el rostro contraído por la ira y una necesidad primaria. Stergios Antoniou era malo para ella. No la respetaba. Le avergonzaba sentirse atraído por ella. Pero en aquel momento, no le importó. Más tarde, sería al contrario.

Stergios se volvió.

–Regresa a tu habitación –dijo, volviendo de mala gana a la mesa–. Y cierra con llave.

Capítulo 5

A LA MAÑANA siguiente, Stergios estaba de pie delante de la ventana con el móvil vía satélite en la mano, observando resignado la tormenta. No tenía opciones. Se había quedado atrapado en su propia red. Estaba siendo castigado por lo que había hecho.

Le dolía la cabeza y era como si tuviera los ojos llenos de arena. Hacía tanto tiempo que no sentía los estragos de una resaca... había sido una estupidez embotarse los sentidos estando Jodie cerca...

–Estoy preparada para marcharme –anunció ella desde la puerta.

Stergios se volvió. Con aquel vestido ceñido de color aguamarina y tacones de aguja era la viva imagen de la elegancia. Una belleza demasiado perfecta. Demasiado peligrosa.

–Tenemos un problema –dijo, y la vio tensarse como si se preparara para discutir–. El tiempo está demasiado malo para viajar.

–No te creo –respondió ella, entornando los ojos.

Stergios apretó los dientes. No estaba acostumbrado a que le cuestionaran.

–Mira fuera –dijo, señalando la ventana.

–No está tan mal. Además, serías capaz de hacer cualquier cosa para mantenerme alejada de tu familia.

–Te garantizo que no hay nada que desee más que salgas de mi casa, *pethi mou*. Estaría dispuesto a llegar nadando a la isla Volakis si con ello te sacara de aquí, pero me temo que vamos a tener que disfrutar de nuestra mutua compañía un poco más.

–¿Cuánto tiempo más? –preguntó Jodie, cruzándose de brazos.

–Seguramente hasta esta noche –respondió él. «Con un poco de suerte»–. Te prometo que te llevaré a la boda.

–He decidido no asistir. Quiero volver a Atenas y a Nueva York.

–¿Por qué? ¿Qué ha cambiado?

–Nada.

Jodie se acercó a la chimenea y se sentó en el brazo del sofá.

–Así que yo tenía razón: solo querías vengarte –declaró él, acercándose–. Y este retraso ha dado al traste con tus planes.

–Estás obsesionado. ¿Por qué iba yo a querer vengarme de tu familia? ¿Por cómo me han tratado?

En eso había cierta dosis de verdad. No estaba orgulloso de cómo se habían comportado. Jodie era entonces joven y vulnerable, y la habían hecho sentirse rechazada. Si él hubiera estado en su situación, habría querido resarcirse.

–Tu padre no te protegió y, en lugar de vengarte, dices que quieres arreglar tu relación con él. No me lo trago.

–Nunca estuve unida a mis padres, y con él hace cuatro años que apenas hablo. Mi madre ni siquiera trabó relación conmigo –bajó la mirada. Le ardían las mejillas–. Creía tener asumido que así funcionaba nuestra familia, hasta que mi madre falleció de un ataque al corazón.

–Y sentiste la pérdida de lo que habría podido ser –murmuró Stergios. Él había pasado por lo mismo cuando supo de la muerte de su padre en la cárcel.

–Ahora tengo veintidós años y sé que es demasiado tarde para intentar tener los padres que necesité siendo niña. Pero quería establecer alguna conexión antes de que fuera demasiado tarde.

–Gregory no sabe ser padre –sentenció Stergios.

–Lo sé, pero significaría mucho para mí que se interesara por lo que pasa en mi vida. Si me llamara, o viniera de vez en cuando a verme. Si me incluyera en las celebraciones de su familia –respiró hondo–. Que consiguiera que no me sintiera sola y olvidada.

–¿Eso es todo lo que quieres?

–Tú no lo entiendes –respondió Jodie, parpadeando rápidamente–. Tú tienes a tu familia. Participan en todos los aspectos de tu vida, tanto si te gusta como si no. Se preocupan por ti, y tú, a cambio, los proteges. Eso es lo que yo quiero.

–¿Quieres que mi familia se preocupe de ti? ¿Que te proteja?

¿Estaría su madre en lo cierto y Jodie deseaba en el fondo formar parte de los Antoniou?

–No, no. Yo no quiero ser parte de tu familia. Quiero serlo de la mía.

–Volviéndote a Nueva York no lo vas a conseguir.

–Ni allí, ni en ningún sitio. Mi padre está en guardia –echó hacia atrás la cabeza y suspiró–. No he sabido enfocar bien mi entrada en la reunión familiar y ya no puedo cambiarlo.

–¿Piensas largarte y fingir que Gregory no existe? –preguntó Stergios. No era propio de ella.

–Sí. Ya es hora de admitir la derrota –se levantó despacio, respiró hondo y sonrió–. Míralo por el lado bueno, Stergios. Después de hoy, nuestros caminos no volverán a cruzarse.

Eso era lo que él quería. Lo que necesitaba. Y, sin embargo, le costaba enfrentarse al vacío que parecía ser el futuro sin ella. En lugar de paz, le parecía que su mundo se quedaba sin color, sin vida. Aquello no tenía sentido. Su vida volvería a la normalidad en cuanto ella hubiera desaparecido. Sería lo mejor. Volvió a la ventana. El piloto tenía que llegar cuanto antes.

Jodie levantó de golpe la cabeza al ver las luces. Miró el reloj por enésima vez. Se había hecho de noche y el piloto no había dado señales de vida. No quería quedarse allí sola con Stergios una noche más.

Se pasó el pulgar por los labios. No debería haberle dejado que la besara, pero en ese momento estaba deseando volver a probar. Él debía de pensar que su respuesta habría sido la misma con cualquier otro hombre, pero llevaba mucho tiempo sin tener ninguna relación, y sin que un hombre le llamara tanto la atención como para llevárselo a la cama. Estaba decidida a esperar a un hombre al que poder confiarle el cuerpo y el corazón.

Y Stergios no era ese hombre. Se lo había demostrado aquella noche, cuatro años atrás.

–¿Adónde fuiste cuando te marchaste de la bodega?

¿Por qué narices había hecho esa pregunta? Sabía de sobra que no era buena idea hablar de aquella noche.

–Tan lejos como pude –contestó él sin volverse.

–Viniste aquí, ¿no? –se le ocurrió de pronto.

–¿Por qué piensas eso?

–Este lugar es tu escondite –Jodie se arrellanó en el sofá–. Tu santuario. Está aislado y escondido. Sin comunicación con el exterior. Por eso no supiste que me habían desterrado hasta que ya fue demasiado tarde.

Lo había comprendido por fin. Él no la habría abandonado a su suerte de haberlo sabido.

–Tendría que haberme quedado y haberte protegido –admitió él con tristeza.

–¿Y qué hiciste aquí?

–Volverme loco.

–¿Por qué?

Stergios la miró con incredulidad.

–¿Es que tengo que deletreártelo? Me había aprovechado de una chica vulnerable. De una chica virgen, que además era mi hermanastra. ¿Qué clase de hombre hace eso?

–Un momento. En primer lugar, yo era una mujer adulta ya. Y no era vulnerable.

–Te robé la virginidad, y no me siento orgulloso de haberlo hecho.

No debería dolerle tanto oírle decir eso. Había sido un momento que a ella le había cambiado la vida y, sin embargo, él quería olvidarlo por completo.

–Tú no me la robaste. Yo te la entregué.

–Tú no pudiste decidir nada.

–¡Sí que lo hice! Eras tú a quien quería. A quien llevaba tiempo deseando.

Stergios se quedó inmóvil.

–Es verdad. Te deseaba –reconoció Jodie–. No era un enamoramiento, ni un interés pasajero, sino una auténtica obsesión. Intenté disimularla porque sabía que me rechazarías.

–Pues lo ocultaste muy bien –respondió Stergios, ladeando la cabeza–. Me alegro de no haberlo sabido.

–¿Por qué?

–Porque eras una tentación para mí –dijo él, pasándose las manos por la cara–. Hice todo lo que estaba en mi mano. Incluso me fui de casa...

–¿Que te fuiste al extranjero por mí? –le interrumpió, atónita.

–Tuve que marcharme si no quería que ocurriese algo.

–Solo estuviste fuera un par de meses –recordó Jodie, rememorando la alegría que había sido para ella su regreso–. ¿Qué pasó?

–Que me di cuenta de que Dimos andaba tras de ti, y era solo cuestión de tiempo que lo intentara. No podía dejar que ocurriera.

–No iba a ocurrir porque a mí él no me interesaba lo más mínimo –recordó sus palabras de aquella noche y lo entendió–. No estabas protegiendo a tu primo o a la fusión. Estabas protegiendo tu propiedad.

Stergios no habló, pero se le sonrojaron las mejillas al mismo tiempo que en sus ojos brilló una luz posesiva que a ella le despertó algo primitivo por dentro.

–Yo no te pertenezco –le dijo–. ¡No soy de ningún hombre!

–*Oxi*, has sido de cientos.

Sus palabras fueron como un puñetazo en el estómago.

–No podías ni mirarme después de que nos liáramos. ¿Pretendías que esperase allí por si cambiabas de opinión y querías acostarte otra vez conmigo?

Por su expresión comprendió que eso era precisamente lo que había querido que hiciera.

–Pasé página, Stergios, igual que tú. Que fueras mi primer hombre no quería decir que a partir de ese momento pasara a ser de tu propiedad.

Stergios apretó los dientes y Jodie sintió que su ira le llegaba en oleadas.

–No creo que el piloto vaya a llegar ahora y tengo hambre –le dijo, se levantó de inmediato y fue a la cocina.

Sintió a Stergios justo detrás de ella.

–¿Me entregaste tu virginidad? –le preguntó–. ¿Por qué ibas a hacer eso?

Jodie se dio la vuelta inesperadamente y tropezó con él, pero de inmediato retrocedió, cruzándose de brazos. Menuda barrera contra un hombre como él.

–No debería haberlo dicho con esas palabras. Parece que fuera un regalo. Como si llevara implícito una obligación o alguna responsabilidad, y no es así.

–Yo diría que sí.

Jodie no podía estar de acuerdo con un punto de vista tan retrógrado, pero sabía que no tenía sentido discutir.

–Si es así como tú lo sentías, ¿por qué dejaste de buscarme? ¿Por qué no me pediste que me casara contigo?

–¿Me habrías aceptado?

–Es difícil de decir –mintió ella, porque lo habría aceptado sin dudar. No le habría importado que no la respetara o que no la quisiera. Era mejor que hubiera dejado de buscarla–. No has contestado a mi pregunta.

–¡Un matrimonio contigo habría sido un total desastre!

–No te preocupaba nuestra compatibilidad, sino que pensabas que te merecías una mujer mejor que yo –le espetó–. No ibas a conformarte conmigo porque tú querías una mujer que compartiera tu herencia y tu posición social.

–Mi matrimonio será una alianza estratégica –declaró él sin inmutarse–. Nos proporcionará a mi familia y a mí poder e influencia, y, cuando eso ocurra, nada ni nadie podrá volver a hacernos daño.

–Entonces, ¿no te importa la clase de mujer con la que vayas a casarte?

–Necesito una mujer que no nos cause problemas. Que pueda crear un hogar tranquilo que...

Las luces parpadearon y se apagaron, sumiéndoles en la más absoluta oscuridad.

Jodie se sobresaltó e instintivamente se agarró a su brazo.

–¿Stergios?

–El generador debería arrancar –dijo él con una voz extraña.

Esperaron unos momentos, pero la oscuridad no cedió. El viento aullaba fuera y Jodie oyó la respiración agitada de Stergios.

–Creo que no lo va a hacer.

–Tiene que hacerlo.

–¿Y si no?

El silencio se extendió un poco más de lo deseable antes de que Stergios contestase:

–Mejor no quieras saberlo.

Capítulo 6

D E INMEDIATO, Stergios se sintió transportado al tiempo de su secuestro. Estaba oscuro y temblaba. Las esposas de metal se le clavaban en la piel y la sangre le goteaba de la boca. Estaba aterrorizado.

Jodie le apretó el brazo.

—¿Stergios? —su voz le sonaba muy distante—. Tengo que confesarte una cosa, y es que la oscuridad... no se me da bien.

«Pues únete al club», pensó él, aunque en realidad no le cuadraba lo que le había dicho. Recordaba bien que le gustaba recorrer el jardín por la noche, cuando creía que nadie la estaba viendo. No tenía miedo.

—¿Te importa que siga agarrada a ti?

—Si no hay más remedio...

Empezó a sudar. No quería que le tocara, pero no podía negarse.

—Estamos muy a oscuras aquí, en la cocina, ¿no te parece? —Jodie maniobró hacia la puerta—. ¿Puedes llevarme a la habitación principal? Me sentiría mejor sentada junto al fuego.

Stergios recordó las hogueras que sus captores encendían todas las noches, que eran lo único que mantenía a raya la oscuridad salvaje. Pero a él no lo dejaban acercarse a disfrutar del calor o de la luz.

Despacio, la dirigió hasta el salón. No le gustaba ser tan consciente de que avanzaban pegados. Pero no se apoyaba en él, sino que la sentía fuerte y confiada.

–Supongo que mis problemas con la oscuridad, o con la noche, mejor dicho, empezaron hace tiempo –su voz le sonaba suave y tranquilizadora–. Creo que empezó en el primer internado. Era un lugar un tanto lúgubre, y las chicas mayores nos contaban historias de fantasmas.

Stergios oía su voz a retazos, pero su mano seguía sintiéndola firme. La tensión disminuyó cuando vio el brillo del fuego y pudo llevarla a uno de los sofás.

–Gracias. ¿Te sientas conmigo? –le pidió ella–. Me sentiría mucho mejor.

Se sentó a su lado a regañadientes, sabiendo que no era buena idea.

–Me echaron de ese internado unos años después –continuó Jodie, acurrucándose en el sofá–. Me habían dado varias oportunidades, pero yo las desaproveché todas. El siguiente internado era un sitio horrible y no duré mucho allí. Puede que un mes.

Stergios tenía la vista puesta en el fuego para intentar alejar esos pensamientos. Había ocurrido hacía ya tiempo, y algunos de sus recuerdos estaban borrosos, aunque otros permanecían intensos. Y otros eran, sencillamente, cortantes como cuchillas.

–El de Sudáfrica estaba bien, e hice grandes amigas. Ahora, visto desde la distancia, pienso que debería haberme esforzado un poco más por adaptarme.

Jodie se quedó callada, y a Stergios eso no le

gustó. Se había acostumbrado al ritmo cadencioso de su voz.

–Hiciste que te echaran de todos deliberadamente. ¿Por qué?

Ella cambió de postura. Parecía incómoda o avergonzada, quizás.

–Había dejado de recibir cartas y llamadas de casa. Tampoco había vuelto por vacaciones. Me estaban apartando, y no podía permitirlo.

De modo que tenía miedo de ser invisible... ¿Cómo podía ser eso, si llamaba la atención dondequiera que fuese?

–Así que hacías cuanto podías por llamar la atención de tus padres.

–Me salté cuantas reglas se me ocurrieron. Suspendía a propósito, me llevaba a chicos a la habitación solo para que me pillaran, y ponía bebidas alcohólicas donde fueran a encontrarlas. Hacía lo que fuera para que mis padres tuvieran que llamarme, o mejor aún, para que me enviaran a casa.

–Pues no funcionó.

Sus estancias en casa de los Antoniou habían sido siempre breves y espaciadas.

–No. De hecho, surtió el efecto contrario. Cuantas más cosas hacía, más lejos me querían mis padres. Tanto que no pudiera volver a casa en las vacaciones. Era como si no quisieran saber nada de mí, y yo me sentía abandonada.

«Rechazada», pensó Stergios. Por eso hacía cosas que pudieran llamar su atención.

–Muchas veces me preguntaba qué habría pasado si me hubiera escapado de uno de esos internados –continuó Jodie un momento después–. ¿Me habrían buscado?

–Por supuesto –respondió él sin pensar.

–Tú podrías darlo por hecho, pero es que tu familia es distinta a la mía. A ti siempre han querido tenerte cerca, y sabes que habrían puesto el mundo entero patas arriba para encontrarte.

–Cierto. Eso era lo que les decía a mis secuestradores constantemente. Que la ira de mi familia iba a caerles encima en tromba –esbozó una sonrisa–. Y así fue.

–Y ahora tú los proteges con la misma intensidad –la admiración le brilló en los ojos–. Cuidas de todos tus parientes, por lejano que sea vuestro parentesco.

–Menos a Pagonis. Era mi padre biológico, pero hizo que me secuestraran para hacerse con la fortuna de mi madre –la bilis se le subió a la boca tan solo con pensar en él–. Se merecía morir en prisión.

–Sospecho que no le contaste a nadie lo que ocurrió durante ese tiempo. No quisiste que sufrieran con los detalles.

Stergios la miró sorprendido. Lo conocía bien. Su silencio había sido la herramienta que había utilizado para proteger a su familia de la indigesta verdad.

–Cuanto menos sepan, mejor.

–¿Qué fue lo que pasó que te hizo odiar la oscuridad?

–Que conozco los peligros que esconde la noche.

Había tenido que vencerlos todos.

–Pero no es nada comparado con lo que la oscuridad reveló dentro de mí –añadió él.

–No entiendo.

–Todo lo que sabía, todas mis creencias cambiaron en una noche –se explicó, despacio. Eran palabras difíciles de pronunciar–. Solíamos acampar en mitad del monte. Me dejaban fuera, encadenado y enjaulado.

Tenía el sonido de los barrotes grabado a fuego en la memoria. A sus captores les gustaba dar golpes con las armas contra el hierro, y se quedó atrapado en aquel momento y en aquel lugar hasta que Jodie le apretó la mano.

–Uno de los secuestradores... –hizo una pausa para borrar aquel rostro–. Creyó que era presa fácil. Joven y atrapado... pero me resistí.

–No tenías elección.

Los recuerdos se le amontonaron. Todo había ocurrido muy deprisa, sin dejarle tiempo para pensar o para organizar una estrategia. Su respuesta había sido instintiva.

–Estuve a punto de matarle, y seguramente lo habría hecho de no haber intervenido los otros.

–Fue en defensa propia.

Jodie no parecía horrorizada o atónita, ni había retrocedido asustada. Al contrario. Se había acercado más a él.

–Eras un niño, y él quería hacerte daño.

–Vi el daño que era capaz de hacer aun siendo pequeño –todavía sentía el calor de la sangre y podía oír los gritos–. No sabía que había tanta violencia y tanta rabia dentro de mí. Aquella noche descubrí lo que era capaz de hacer si me acorralaban.

–¿Por qué dejas que los demás piensen que tienes miedo de la oscuridad, si no es cierto?

–Hay algo de verdad en ello. Evito sentirme en una posición en la que no puedo ver las amenazas potenciales, pero para ellos es más fácil de aceptar que odio la oscuridad. No profundizan, y yo no quiero que sepan que la oscuridad es solo el desencadenante. Me recuerda lo que tuve que hacer para sobrevivir.

Sus miradas se encontraron. Jodie no miró hacia otro lado y él se sintió atrapado en la profundidad de sus ojos azules. No se movió, no habló, y por un segundo sintió que había encontrado la paz que andaba buscando.

–¿Qué ocurrió cuando heriste a ese hombre? Supongo que te lo hicieron pagar.

–Así es como me hicieron esta cicatriz –dijo él, señalándose la boca.

Jodie se acercó y pasó el pulgar por sus labios.

–Pero no consiguieron que dejases de pelear, ¿verdad? –preguntó en voz baja.

Su contacto rompió el hechizo.

–Ándate con cuidado, *pethi mou* –le advirtió, sujetándola por la muñeca–. Yo no soy un caballero. Soy un animal. Con garras y colmillos.

Pero no había miedo en la mirada de Jodie, sino ternura, y eso le dejó desconcertado.

–No te preocupes, Stergios. Tu secreto está a salvo conmigo.

–No debería haberte contado nada.

–¿Por qué? Tenías que hablar de ello con alguien, y dado que no quieres contárselo a tu familia...

–No sé por qué te lo he contado.

–Porque no me consideras familia –respondió ella, levantándose–. No tienes que protegerme.

Stergios se sonrió.

–Te equivocas. Y, si fueras lista, te andarías con cuidado estando conmigo. Sé que a veces me provocas deliberadamente para ver mi reacción. Espero que a partir de ahora te lo pienses dos veces.

–Puedo cuidarme sola –respondió ella, entrando en la cocina–. Y puedo cuidar de ti.

Stergios frunció el ceño. Eso era lo último que quería. No quería confiar en Jodie Little. Era una mujer impredecible y seductora. Un problema en potencia. Estaba más seguro solo.

Stergios se despertó de golpe y como si le activara un resorte, se incorporó y miró a su alrededor. Estaba en el sofá del salón. Había ascuas en la chimenea y las lámparas estaban encendidas. Miró por la ventana. Era de noche. Seguía lloviendo.

Consultó el reloj. Eran más de las doce. Se pasó las manos por la cara. La siesta no le había dejado más descansado. Se sentía agotado mentalmente, de mal humor.

Jodie se había ido a la cama hacía horas una vez había renunciado a intentar hablar con él. Había compartido con ella un secreto que debería haber seguido guardado, y seguro que iba a tener que pagar un alto precio por ello.

Se levantó del sofá para estirarse. Tenía que hacer algo, moverse, lo que fuera para que los recuerdos se disiparan. Recogió los platos sucios de la cena que había en la mesita y entró en la cocina. Inesperadamente vio que Jodie estaba junto al fregadero.

Llevaba un inocente camisón de seda de color marfil, pero parecía tan delicado que daba la impresión de que se desharía si lo tocaba. Tragó saliva al reparar en cómo la seda le dibujaba las curvas.

—Ah, estás despierto —dijo ella, con un vaso de agua en la mano.

Apretaba con tanta fuerza los platos que creyó que iban a romperse.

—¿Qué demonios llevas puesto?

—¿Qué tiene de malo? —preguntó ella, mirándose.

Se acercó al fregadero y soltó los platos. El ruido le hizo encogerse.

—¿Ibas a llevar eso a la boda de Dimos?

—No a la ceremonia —contestó, dejando el vaso—. Cuando estuviera en mi habitación. Yo sola.

No la creía. Era la clase de lencería que se ponía una mujer cuando pensaba seducir a alguien.

—Una mujer no se pone algo así si piensa dormir sola.

—Ya basta, Stergios. Ha quedado bastante claro que no pretendía nada con Dimos, ¿no? ¿Qué quieres? ¿Empezar una discusión?

—Crees que me conoces, pero te equivocas.

En lugar de dar marcha atrás, Jodie lo miró a los ojos:

—Así que tienes un problema con lo que me pongo para dormir, ¿eh?

—Exacto —respondió él y, a su pesar, se le fue la mirada al escote. Le ardía la piel pensando en cómo sería deslizar los dedos por el valle de entre sus pechos—. ¿Qué tipo te lo regaló?

—Me lo he comprado yo —respondió, sorprendida.

–Entonces, estabas pensando en un hombre cuando lo compraste.

Unos celos ardientes y corrosivos le abrasaron.

–¿Se puede saber qué tiene este camisón que encuentras tan ofensivo?

–Pues que tú vas dentro.

Jodie puso los brazos en jarras y Stergios tragó saliva al ver cómo se le marcaban los pezones. Bastaría un leve tirón para que aquella seda cayera a sus pies.

–¿Quieres que me lo quite? Ahora mismo, si quieres.

A Stergios se le encogió el estómago.

–Es esa actitud lo que te ha excluido de la familia Antoniou.

–¿Ah, sí? –Jodie se irguió.

–Gregory siempre se ha avergonzado de tu comportamiento sexual. ¿De cuántos internados te han echado por los chicos? ¿Crees que tu padre podría sentirse orgulloso de ti?

–Pero solo tú y yo sabemos que no hice nada con ellos –respondió ella.

–Por eso a tu padre no le sorprendió que intentases seducir a dos hombres en la bodega. No dio la cara por ti. Sabía lo que eras.

–¿Qué problema hay en que tenga sexo con quien quiera?

–Puedes hacerlo cuanto quieras –recordaba bien cómo la había hecho suya en la bodega. El sexo había sido inolvidable, y no había vuelto a recuperar aquella sensación–. En el matrimonio. Con tu marido. Y no con amantes entrando y saliendo de tu vida.

–Tu doble moral me agota. ¿Estuvo mal que quisiera hacerlo contigo?

–¡No! Bueno, sí –se corrigió. Recordaba claramente el orgasmo de Jodie, que se había alargado de manera interminable. Se había entregado por completo.

–A pesar de la opinión de tu familia, no soy una chica fácil –le dijo, y echó a andar hacia su habitación–, sino una mujer sana con un saludable apetito sexual. Acéptalo.

La vio alejarse y tuvo que contener las ganas de seguirla. De perseguirla. De darle caza. Pero él no era un animal. No era un... le dio alcance casi antes de darse cuenta de lo que hacía. Cuando agarró su brazo supo que había llegado a un punto de no retorno. Tiró de ella y la besó en la boca.

Capítulo 7

SU BESO resultó duro, casi como si fuera un castigo, y Jodie intentó resistirse hasta que Stergios le hizo separar los labios con la lengua mientras ponía una mano sobre su pecho. Semejante caricia fue su perdición, ya que se le endureció el pezón al imaginarse su lengua inquisitiva en la piel desnuda.

–No.

–*Ne* –dijo él, antes de morderle el labio inferior.

Jodie contuvo el aliento. El leve mordisco le había provocado sensaciones por todo el cuerpo y negó con la cabeza, pero él le acarició el cuello con la punta de la lengua.

–No, Stergios –insistió, empujándole por los hombros–. Esto no va a pasar.

Pero él agarró sus nalgas con una urgencia tal que Jodie sintió que el deseo se le arremolinaba entre las piernas y no pudo contener un gemido.

–Lo deseas tanto como yo –replicó él, besando el punto en el que el pulso le latía con fuerza en el cuello.

Stergios introdujo una pierna entre las de ella y Jodie gimió. Con él, era débil. No le importaba lo que pensara. Necesitaba tenerlo dentro.

–No quieres hacerlo –le dijo en un último esfuerzo por detener aquella locura–. Solo quieres dominarme

–adujo, porque sabía que aquello no iba a ser hacer el amor, sino una cópula primitiva–. No te lo voy a permitir.

–Me lo vas a rogar, *pethi mou*.

–Lo estás haciendo porque me has contado demasiado. No quieres que nadie lo sepa, y menos, yo.

Stergios la agarró por el pelo.

–Abre la boca para mí.

Ella apretó los labios, pero Stergios no se detuvo, y su beso desató una feroz tormenta en su interior. Sabía cómo acariciar, cómo excitarla. Él había sido el primero, y ningún otro hombre había logrado que se sintiera así.

Quería desbocarse en sus brazos. Quería todo lo que tuviera que dar, pero tenía miedo. Aquel hombre había estado a punto de destruirla la última vez que estuvieron juntos.

De pronto sintió que la agarraba por la cintura y la levantaba en el aire para rodearse la cintura con sus piernas para llevarla a su habitación.

Las luces del techo brillaban en la habitación principal, de la que apenas tuvo tiempo de ver nada. La lanzó sobre un colchón puesto en el suelo, se colocó sobre ella y entrelazando los dedos con los suyos, le hizo levantar los brazos por encima de la cabeza.

–Vas a lamentarlo –le advirtió.

–La culpa es tuya.

–¿Mía?

Soltó sus manos para acariciarle los pechos con urgencia.

–No puedes tolerar la idea de ser invisible –dijo en voz baja.

Ella arqueó la espalda al sentir que le acariciaba los pezones.

—Calla.

No debería haberle hecho aquella confesión.

—Llevabas la ropa más provocativa que podías encontrar cuando estabas en casa –la voz se le volvió espesa–. Los colores más atrevidos. Cualquier cosa que pudiera llamar mi atención y despertar la imaginación.

A Jodie le ardían las mejillas. Tenía razón. ¿Tan obvia era? Incluso aquella noche había vuelto a repetir el mismo ritual. Quería que reparara en ella. Que la reclamara.

—Me has tenido agonizando durante años –confesó él cuando tiró de sus braguitas–. Cuando entrabas en una habitación, tenía que marcharme.

Jodie se aferró a una almohada. ¿Qué estaba diciendo? No podía concentrarse cuando la miraba con tanta intensidad.

Se inclinó sobre ella y la besó en el vientre. El calor de su respiración la hizo estremecerse.

—Si estábamos comiendo, tenía que sentarme donde no pudiera verte.

De un tirón, rasgó el camisón y la dejó desnuda delante de él. Iba a hacerla suya, y la espera le resultaba insoportable.

—No encontraba descanso –continuó, antes de cubrir su pecho con la boca.

Jodie movió la cabeza mientras él seguía excitándola sin compasión, y, cuando creía que no iba a poder soportarlo más, apretó su pezón entre los dientes.

—Estabas en todas partes –siguió, antes de volver a acariciarlo con la lengua–. En mi casa, en mis sueños.

Con dos dedos tiró del otro pezón y Jodie arqueó la espalda.

–Pero no podía tenerte. No podía permitírmelo. Sabía que no sería delicado ni cuidadoso si te tocaba. Y estaba en lo cierto.

–No quiero que seas delicado –respondió ella sin aliento.

Se levantó de la cama y se quitó la camisa, y ella se incorporó para tirar de él. Tampoco iba a ser delicada. Con la lengua acarició sus abdominales, y ver cómo se contraían a su contacto le hizo disfrutar con la sensación de poder.

Tiró de la cremallera de sus pantalones y se los bajó. Parecía un dios pagano, con los dientes apretados y los ojos brillando de lujuria.

Tomó con la mano su pene erecto. Estaba caliente y lo sentía poderoso. Le lamió el extremo antes de metérselo en la boca. Cuando lo introdujo hasta el final, oyó su respiración entrecortada. Un instante después, la apartaba.

¿Por qué se detenía? ¿Por qué tenía que recuperar la cordura precisamente en aquel momento en que tanto lo deseaba?

–Espera –rogó.

–No puedo –respondió él, y le hizo darse la vuelta. Se encontró a gatas y sintió que deslizaba un dedo en los pliegues de su sexo. El placer fue inmenso.

Agarrándola por las caderas, hundiendo los dedos en su piel, la montó. Jodie cerró los ojos y un gemido gutural se escapó de su garganta. Movió las caderas para que pudiera llenarla más, y Stergios la penetró con más fuerza. Jodie lo animaba con las palabras más atrevidas, imitando su ritmo, sintiendo temblar la cama.

Sintió que su mano le llegaba al clítoris, y se rindió a él. Sus gritos de éxtasis reverberaron por la habitación cuando oleada tras oleada de placer la sepultaron con su fuerza.

Su carne se aferró a Stergios y sus embestidas se hicieron impredecibles. Desatadas. Agarrándose a ella, con el pecho húmedo de sudor y la cara hundida junto a su cuello.

–¡Jodie! –gimió, justo antes de alcanzar el clímax.

A ella le fallaron las rodillas y cayó al colchón. Le temblaban las piernas y los brazos, y el corazón parecía que se le fuera a salir del pecho.

Stergios se colocó a su lado y la tomó entre sus brazos en silencio. Ella cerró los ojos y le dejó hacer. Necesitaba su contacto, pero no quería que viera lo mucho que le afectaba aquel sencillo gesto.

Apoyada la cabeza en su pecho, escuchando el latido de su corazón, se dijo que aquello no significaba nada. Que había sido un momento de locura que no volvería a repetirse. Pero no podía mentirse. Lo que acababa de ocurrir lo significaba todo para ella.

Jodie estaba contemplando la playa desde la ventana. La mañana había amanecido gris y nublada, pero nada debía impedirles salir de la isla.

Vio su reflejo en el cristal. Aquel vestido rosa chicle era muy comedido en su escote redondo y en sus mangas cortas. Nada que ver con la imagen de mujer carnal de la noche pasada.

Le ardió la piel al recordarlo. Había acudido a él en plena noche y le había demostrado sin tapujos lo que sentía. No había puesto freno a su deseo. Era como si llevara años muerta de sed y hubiera encontrado el manantial en el que saciarla.

Pero al despertarse por la mañana, se había encontrado sola en su propio dormitorio, metida en la cama. Debía haberla llevado él en algún momento de la madrugada. El camisón roto estaba primorosamente doblado en una silla.

Una vez duchada y vestida, lo había buscado por la casa, pero no estaba. Su ausencia había sido para ella como un puñetazo en el estómago. Todo parecía estar ocurriendo como la última vez.

La puerta se abrió de golpe y Jodie se preparó para darse la vuelta y mirarle. Cómo deseaba correr a sus brazos, pero le bastó con mirarle a los ojos para desistir. Llevaba unos viejos vaqueros y una camisa blanca sin botones, pero el amante que la noche anterior no se cansaba de besarla había sido reemplazado por el hombre frío e implacable.

–El helicóptero estará aquí en diez minutos –le informó–. El piloto tiene instrucciones de llevarte a Atenas.

–Gracias. Estoy lista.

El silencio se extendió entre ellos y Stergios comenzó a deambular por la estancia, lejos de ella. No podía dejar más claro que quería perderla de vista.

Inesperadamente, se le plantó delante y extendió un brazo:

–Dame tu móvil.

–No –respondió Jodie, apretando el bolso contra el cuerpo.

Él enarcó las cejas sorprendido. ¿Esperaba de ella obediencia absoluta por lo que había ocurrido la noche anterior?

–Quiero añadir mi número a tus contactos.

–¿Por qué? –preguntó ella, con los ojos muy abiertos.

–Quiero poder saber si ha habido consecuencias de lo de anoche –respondió, tenso.

–No las habrá.

–¿Cómo puedes estar tan segura? ¿Tomas anticonceptivos?

–Bueno, eso no...

Jodie vio que a él se le hundían los hombros, como si llevase sobre ellos el peso del mundo. ¿Se habría sentido del mismo modo cuatro años atrás, la primera vez que hicieron el amor?

–No tienes de qué preocuparte.

–Te equivocas –replicó él con aspereza–. Si te has quedado embarazada, todo por lo que he trabajado estos años desaparecerá.

Así que la consideraba una distracción, un obstáculo para alcanzar sus sueños. ¿En qué sentido podía echarlo todo a perder?

–¿De qué estás hablando?

–¿Tienes idea de la batalla en la que me enzarzaría si tuviera un hijo fuera del matrimonio? ¿Un niño con mi hermanastra? El consejo de administración me crucificaría y el escándalo dañaría irremediablemente al Grupo Antoniou. Me vería obligado a casarme contigo, y no puedo permitir que eso ocurra. Cuando me case, será para reforzar el poder de mi familia, y no por un error.

Jodie bajó la mirada. Para ofrecerle paz, lo único que estaba a su alcance era desaparecer para no volver jamás. Cortar toda relación. Imaginar el agujero que ese paso le dejaría dentro le hizo sentir un dolor físico. Pero tenía que dejarle si quería que pudiera encontrar lo que necesitaba.

Lo que ambos necesitaban, se corrigió. Porque él estaba dispuesto a casarse por ganar poder, pero ella solo lo haría por amor.

—Espero que me llames tanto si estás embarazada como si no. Si no lo haces, te localizaré donde estés para saberlo.

Iba a ser una repetición de lo que había ocurrido la última vez. No habría modo de pararle a menos que creyera que estaba con otro hombre.

Un momento. ¿Y si le hacía creer precisamente eso? Se le aceleró el pulso. No, no, no. No podía hacer tal cosa. Sería demasiado doloroso. La última traición. Si le decía esa mentira, Stergios la apartaría de su vida para siempre. ¿Y no era eso lo que quería?

La boca se le quedó seca de inmediato, pero aun así, dijo:

—Como ya te he dicho, no tienes de qué preocuparte.

Él suspiró.

—¿Cómo voy a estar seguro?

El corazón le latía con fuerza. La habitación se movió bajo sus pies y sintió náuseas. Tenía que hacerlo. Unas pocas palabras pondrían fin a aquella locura.

—¿Jodie?

—Es que ya estoy embarazada —dijo, llevándose la mano al vientre—. De otro hombre.

Capítulo 8

NO ENTIENDO. ¿Qué has dicho?

–Que... que estoy embarazada.

Embarazada. Estaba encinta. De otro. La amargura le quemó como si fuera un ácido.

–*Oxi* –dijo, mirándola de arriba abajo–, no te creo.

–¿Por qué iba a mentirte en algo así?

Stergios no se podía mover. Era como si le hubieran clavado los pies al suelo. Embarazada. No podía ser. No. Jodie era suya.

–¿Quién es el padre?

–Eso no es cosa tuya.

–¿Lo sabes?

Ella retrocedió como si le hubiera abofeteado.

–Voy a ignorar ese comentario.

–No lo sabes –adivinó. ¿Cómo podía hacer algo así? Y él que creía conocerla–. ¿Es un desconocido, o es que hay varios candidatos?

–Me alegro de haber compartido la noticia contigo –dijo ella, volviéndose.

Otras piezas del rompecabezas comenzaron a encajar.

–Por eso ya no bebes –dijo en voz baja–. Y por eso tu repentino interés por la familia.

Jodie fingió sorprenderse para decir:

–No es repentino.

–No entendía por qué querrías reconciliarte con tu padre –continuó él–. Creía que eran deseos de venganza, pero no lo entendía. No se me ocurrió pensar...

No le miraba. Debía de estar avergonzada. ¿Cómo había sido capaz de hacerle tanto daño?

–Eres una furcia –dijo, bajando los brazos.

Ella no se volvió.

–Esperaré en el helipuerto.

Stergios no podía creerse que pudiera ser tan dura y fría después de cómo se había comportado la noche anterior.

–¿Qué ha dicho tu padre?

–No lo sabe –respondió ella desde la puerta–. Nadie lo sabe. Y ni se te ocurra decir una palabra.

–¿Por qué no?

–Porque...

De pronto, la mujer de hielo se sonrojó.

–Porque es... costumbre esperar a que pase el primer trimestre antes de decirlo.

Algo no iba bien. No sabía si confiar en su instinto, pero aquella explicación no le convencía.

–¿De cuánto estás?

Jodie echó mano de la maleta y sacó el asa.

–De poco.

–Pero aun sabiendo que estabas embarazada, te abriste de piernas anoche. Me dejaste que...

–Basta, Stergios.

–Si no hubieras estado embarazada, yo podría...

–¿Qué? ¿Qué podrías tú? –le desafió–. No tienes por qué pararte. ¿Qué habrías hecho?

La ira que intentaba controlar amenazaba con hacerse la dueña de la situación y eso le asustaba. En-

contraría al padre misterioso y lo destruiría. Ojalá el
bebé no heredara la capacidad para la manipulación y
la traición de su madre. Y en cuanto a ella... la echaría
definitivamente de su vida.

–Me alegro de que estés embarazada.

–¿Qué quieres decir?

–Que así no has podido quedarte encinta de mí. Y me
alegro de que un hijo mío no te tenga a ti como madre.
Una furcia, una mentirosa, una desterrada.

–Sí –respondió, pálida–. Es genial que no seas tú el
padre. Adiós, Stergios.

–¿Quién es el padre? –preguntó cuando ella abría
ya la puerta.

Ella respiró hondo y se aferró al picaporte como si
fuera su tabla de salvación.

–Lo único que necesitas saber es que no eres tú.

De pronto se plantó delante de ella y empujó la
puerta con la mano para impedir que la abriera. Quería verla lejos, pero al mismo tiempo quería alargar su
castigo. Su mundo se estaba desmoronando y la responsable quería irse sin tan siquiera mirar atrás.

–Se oye el helicóptero. Déjame salir, por favor.

–¿Qué vas a hacer? ¿Te quedarás con el niño?

–¿Por qué no iba a quedármelo? ¿Porque para ti
sería inconveniente? ¿Porque no es tuyo?

–Verte me pone enfermo. Sal de aquí. Lárgate de
mi casa. Desaparece de mi vida.

–Es lo que voy a hacer, y tan rápido como pueda.

Jodie se recostó en la silla para mirar por la ventana. Siempre le había gustado la ciudad de Nueva

York en otoño, pero últimamente le costaba apreciar su belleza.

–Este piso está tal y como yo lo recordaba.

Miró a su padre, sentado frente a ella, al otro lado de la mesa. Daba la sensación de tener todo el tiempo del mundo. Le vio escoger de los dulces de la bandeja un rollito de canela.

¿Por qué estaba allí? ¿Qué quería? No había podido ocultar la sorpresa cuando la había llamado por teléfono aquella mañana para decirle que quería pasar por su casa.

–Está exactamente igual que estaba cuando vivía tu madre –añadió.

–Sí. Aún no estoy lista para acometer una reforma.

Había heredado el dúplex hacía unos meses, pero no se sentía en casa. Aquel no era su hogar.

–Estás pálida –comentó su padre tras tomar un sorbo de té–. ¿Has estado enferma?

No. Tenía roto el corazón, pero eso no se lo iba a contar. A su padre le gustaba chismorrear, y no quería que Stergios pudiera llegar a enterarse de que le costaba comer y dormir. No conseguía concentrarse.

Era doloroso querer a alguien que no te quería. Se había sentido despreciada y no querida muchas veces en su vida, y creía estar acostumbrada, pero el odio y el desprecio de Stergios la había derrotado.

–Desde que volví de Grecia estoy muy cansada –admitió–. Había varias personas enfermas en el avión, y a lo mejor ando incubando algo.

–Por eso deberías tener tu propio avión.

Jodie sonrió. Gregory Little se había acostumbrado

a la forma de vida de la familia Antoniou, y haría lo que fuera por no perderla.

–¿O es que te asustó lo que pasó con el helicóptero? Una avería así es rara, la verdad. No recuerdo que haya ocurrido antes.

¿Avería? Ah, sí. La explicación que habían usado para que se hubiera perdido la boda.

–Un poco sí, la verdad. ¿Han vuelto ya de la luna de miel Dimos y Zoi?

–Sí. Dimos es ahora vicepresidente, pero va a tardar en hacerse a ello. Me parece que no tiene la fortaleza necesaria para soportar la carga de trabajo que tiene Stergios.

–¿Y... Stergios? –preguntó, intentando parecer despreocupada. Necesitaba saber algo de él–. ¿Cómo está?

–Mairi está preocupada por él –respondió Gregory, frunciendo el ceño–. Siempre ha sido un adicto al trabajo, pero ahora ha empeorado, aunque claro, está rematando la fusión Antoniou-Volakis. Seguro que se tomará un tiempo de descanso después. Seguramente no debería decírtelo –añadió en voz baja–, porque aún no lo han anunciado oficialmente, pero se va a comprometer.

Jodie sintió que se quedaba fría y que le daba un vuelco el estómago. La taza golpeó el plato. «Comprometido». Stergios se iba a casar.

–Perdona –dijo, soltando la delicada asa de la taza antes de que acabara rompiéndola–. Es que me ha pillado desprevenida. Stergios no me parece la clase de persona que busca sentar la cabeza.

Había conocido a alguien especial. Iba a pertenecerle a otra. Un sabor amargo le llenó la boca.

–El año pasado comenzó a darle vueltas a la posibilidad de una fusión Antoniou-Diamantopoulos –le explicó su padre, sin percatarse de nada.

–¿Diamantopoulos?

–Aleka Diamantopoulos. La heredera de la naviera.

Eso no le revelaba nada. Frenéticamente buscó en su memoria hasta encontrar la imagen de una mujer callada que tocaba el piano con precisión pero sin pasión. Los celos se le agarraron al corazón.

–Creo que me acuerdo de ella.

Aleka, dulce y obediente. Joven y virginal. El tipo de Stergios.

–Una chica encantadora.

–Eso es... magnífico –sonrió, entrelazando las manos en el regazo.

A lo mejor todas esas escuelas para señoritas habían servido de algo. Nadie diría que se estaba rompiendo por dentro. Que iba a saltar en mil pedazos y que nunca volvería a sentirse entera.

Había hecho bien en cortar toda conexión con él. Muchas veces había sentido la tentación de llamarlo y decirle la verdad, pero el ciclo, la obsesión habría continuado, y habría malgastado su vida deseando estar con un hombre que no la consideraba digna de él.

–Jodie... ¿qué piensas?

Los ojos azules de su padre la miraban molestos.

–Perdona.

–Te estoy invitando a venir a Grecia por Navidad.

–¿Por qué? –exclamó con horror–. Quiero decir que..

–No debería haber dejado pasar tanto tiempo, y

quiero que volvamos a empezar –se explicó su padre–. ¿Qué mejor momento que Navidad?

–Pero la última vez que estuve en Atenas...

–Te evité, lo sé –Gregory bajó la cabeza–. Apareciste de pronto, y creímos que querías causar problemas. Deberíamos habernos dado cuenta de que aún estabas sufriendo por la muerte de tu madre y que querías estar con la familia.

–¿Deberíamos?

–Ya sabes... Mairi y yo. Y Stergios.

–¿Stergios? –repitió Jodie, irguiéndose–. ¿Qué tiene él que ver en todo esto?

–Me recomendó que me pasara a verte antes de volver –se encogió de hombros–. Me dio la sensación de que quería saber si estabas bien.

No comprendía su estrategia. ¿Pensaba quizás que pasando su padre por allí podría ver su tripa de embarazada? ¿Y a él qué más le daba?

–¿Ya tienes planes para Navidad? –le preguntó su padre.

–Ya he recibido algunas invitaciones, pero no tengo nada decidido –la oportunidad de pasar las fiestas con la familia era algo con lo que había soñado durante muchos años–. ¿Quién va a estar?

–La familia y algunos amigos. ¿Vendrás?

Le daba miedo aceptar. Si decía que sí, tendría que ver a Stergios. Pero, si decía que no, su padre no volvería a hacerle una invitación como aquella.

–Me encantará ir, papá –dijo con una sonrisa–. No puedo esperar.

Capítulo 9

JODIE se agarró a la barandilla y bajó la magnífica escalinata de la mansión de los Antoniou. La casa estaba decorada para Navidad, y un enorme abeto ocupaba el centro del vestíbulo. Oyó que alguien tocaba el arpa en la sala de música y vio a los invitados charlando y bebiendo champán.

Su vestido plateado brillaba a la luz de los candelabros, pero su humor no era precisamente festivo. Buscó entre la gente hasta que se le detuvo el corazón: allí estaba Stergios.

Iba impecablemente peinado, recién afeitado y con un traje oscuro que le sentaba a las mil maravillas. Parecía haber domesticado al salvaje que llevaba dentro y su presencia resultaba imponente, la de un hombre que dominaba cuanto tenía a su alrededor.

Cuando le vio sonreír con ternura, la transformación que se obró en su rostro fue impresionante. Le costó un momento darse cuenta de que iba dirigida a la mujer que estaba a su lado, Aleka Diamantopoulos, que se sonrojó.

A ella nunca le había sonreído así. No le había hecho tan feliz como parecía hacerle ella. Quiso apartar la mirada, pero le fue imposible. Respiró hondo para contrarrestar el ataque de los celos. ¿Qué tenía de especial aquella mujer?

Jodie no veía anillo de compromiso en la mano de la joven, pero seguramente sería solo cuestión de tiempo. Tuvo que apartar la mirada porque un dolor sordo le encogió el pecho.

Volvió a mirar a Stergios y se encontró con su mirada de frente. Sin pensarlo, se dio la vuelta y sintió que la habitación giraba con ella. Sabía que no debía hacer movimientos bruscos, y menos aún con los tacones de aguja que llevaba.

Tampoco debería visitar Atenas. El médico le había dado permiso para viajar, pero en realidad era coquetear con el desastre. Pero había tenido que ver a Stergios por última vez.

Porque llevaba a su hijo en las entrañas.

Se echó mano al estómago para controlar el miedo. Hacía seis semanas que había descubierto que estaba embarazada. En un principio se había vuelto loca de alegría y había compartido la buena nueva con sus amigos más íntimos, pero no había informado a Stergios. ¿Cómo hacerlo, después de haberle mentido para mantenerlo alejado de ella? Su decisión había resultado acertada, porque él iba a lograr la vida que deseaba y la esposa que necesitaba, y un embarazo inesperado lo habría cambiado todo.

De pronto sintió que empezaba a sudar y se llevó la mano a la boca. Su dormitorio estaba demasiado lejos y se le ocurrió salir al porche. El aire fresco le sentaría bien. Apoyada contra la columna de piedra, respiró hondo.

Tenía que recomponerse antes de volver a entrar.

Nadie se daría cuenta de su ausencia. Por una vez, ser invisible tenía sus ventajas.

Hacía más de veinte minutos que Jodie había salido al jardín, y ni siquiera Gregory se había preocupado por su ausencia. Bueno, ni por eso, ni por el cambio evidente en su hija, que estaba más pálida, callada y con los ojos rodeados de sombras.

Stergios salió de la sala de música al vestíbulo. No estaba allí. Salió entonces al porche. El aire frío le dio en la cara y la oscuridad le rodeó y le hizo dudar al recordarle la negrura del monte.

No había luces de Navidad en el jardín, y la luna estaba oculta tras las nubes. Miró a su alrededor. Ni rastro del vestido plateado.

—¿Jodie? —la llamó, pero no obtuvo respuesta.

Echó a andar por el camino de grava, con la sangre rugiéndole en los oídos. No le importó que hubiera cámaras de seguridad y pulsadores de emergencia. Él sabía bien lo que la oscuridad podía contener.

Avanzó a ciegas por el camino recordando el terror que había suscitado en él siendo niño la persecución. El alivio y la rabia a partes iguales se mezclaron en él cuando vio un destello de plata.

Jodie estaba en el suelo, con los brazos y la cabeza apoyados en un banco de piedra.

—¿Stergios? —murmuró débilmente al verlo acercarse.

—Estás loca —respondió él, quitándose la chaqueta con movimientos urgentes y torpes para ponérsela sobre los hombros—. ¿En qué estabas pensando?

–No me encontraba bien y quería estar sola –respondió–. ¿Y por qué has venido tú a buscarme?

Sin avisar, la tomó en brazos.

–¿Qué clase de pregunta es esa?

–Tú no me soportas. Y tienes miedo de lo que la oscuridad pueda desencadenar en tu interior. O de lo que yo te haga.

–Ya no tienes ese poder sobre mí. Acabaste con él cuando te acostaste conmigo estando embarazada de otro hombre.

Jodie suspiró.

–Bien.

–Esto es excesivo, Stergios.

Estaba en la cama del hospital, y miró a su alrededor. La habían alojado en una habitación privada de lujo.

–Te darán el alta cuando crean que pueden hacerlo.

«No. Cuando lo decidas tú», pensó Jodie. Todo el mundo se plegaba a sus deseos.

Si Stergios la quería fuera de su vida, ¿por qué hacer todo aquello? No sabía que el bebé que esperaba era hijo suyo. ¿Por qué habría insistido en quedarse con ella?

–Deberías irte a casa –le sugirió. No iba a poder dormir si se quedaba allí–. Te agradezco lo que has hecho, pero no tienes que vigilarme.

–Ya te he hecho caso y no he estado presente durante el examen del médico. No pienso comprometerme a nada más.

–¡Necesito un poco de intimidad!

–¿Intimidad? Yo ya conozco íntimamente tu cuerpo. No tienes nada que esconder –apoyó las manos en el borde de la cama y se inclinó hacia ella–. Aunque estás actuando de un modo un poco raro. ¿Qué está pasando? –preguntó, mirándola–. ¿Qué te han dicho los médicos? ¿Por qué no te cuidas como es debido?

–No me hables en ese tono, que no estoy desatendiendo mis responsabilidades. Estoy haciendo cuanto está en mis manos para cuidar mi embarazo.

–Cálmate, *pethi mou* –respondió él, pasándole los nudillos por la mandíbula–, que no te estoy acusando de nada.

–Ya has terminado aquí –repuso Jodie, apartando la cara–. Puedes volverte a casa.

–Yo decidiré cuándo he terminado de cuidarte.

–Ese tono podrá intimidar a tus empleados, pero a mí me pone de los nervios. Si es necesario, llamaré a los de seguridad para que te echen.

–¿Por qué te sientes tan incómoda conmigo aquí?

–Porque no estoy acostumbrada –respondió, acariciando la sábana de lino. Siempre había querido tener a alguien que se preocupara por ella, y ahora que lo tenía, aunque temporalmente, temía hacer algo que lo estropeara.

–Estás nerviosa y cansada. Ya es hora de que duermas un rato –dijo Stergios, mirando el reloj–. Hablaré con la enfermera antes de marcharme.

–¿Otra vez? Anda, no la asustes.

–Si se asusta con tanta facilidad, será mejor que lo sepa ahora para que te asignen a otra –replicó él, antes de salir de la habitación.

Jodie suspiró aliviada y se colocó de lado con cuidado de no arrancarse el suero. Stergios se había comportado de un modo muy protector desde que habían llegado a urgencias. ¿Cómo sería de saber que el bebé era suyo?

Tenía que contárselo, pero no quería enfrentarse a las consecuencias. Se iba a poner furioso. ¿Qué le pediría? ¿Que no lo tuviera? ¿Que lo entregara en adopción? En ese caso, se encontraría con una batalla épica entre manos. Lo mejor que podía pasar era que negara la existencia del niño y mantuviera el secreto.

Frunció el ceño al oír sus pasos por el corredor. Se le encogió el estómago. Lo sabía. Había esperado demasiado para decírselo.

Se volvió hacia la puerta y le vio abrirla y agarrarse al marco.

–No estás en el segundo trimestre –dijo, y su mirada era abrasadora–. ¿El bebé fue concebido en la última semana de septiembre?

Le vio avanzar y quiso levantarse de la cama, pero llegó junto a ella antes de que hubiera podido hacerlo.

Stergios apoyó las manos en el colchón y Jodie se sintió atrapada. Rodeada. No podía mirar a otro lado, y se encogió al oírle decir:

–¿Cuándo pensabas decirme que el niño es mío?

Capítulo 10

IBA a ser padre. Stergios miró a Jodie sintiendo el latido del corazón en la cabeza. Sintió la piel sudorosa y fría, y que la tierra le faltaba bajo los pies. Iba a traer a un niño inocente a aquel mundo peligroso y cruel.

Jodie bajó la mirada.

—Iba a decírtelo.

Eso no era probable. Si la enfermera no hubiera mencionado la fecha prevista para el parto, era muy probable que nunca lo hubiera sabido. Esa posibilidad le provocó un escalofrío. Jodie le habría ocultado la existencia de su hijo.

—¿Cuándo lo supiste?

—Hace seis semanas —dijo ella tras una pausa.

Stergios se agarró al borde de la cama. «Seis semanas». Había tenido todas las oportunidades del mundo para darle la noticia.

—Intentaba encontrar el momento adecuado. Las palabras justas.

—¿Seguro? No estarías pensando en deshacerte del bebé y no decirme nada.

—¡No! ¡Jamás haría eso! —se rodeó la cintura con los brazos—. No había pensado quedarme embarazada, pero quiero tenerlo.

Stergios volvió a fruncir el ceño. ¿Por qué aquel gesto con el que parecía querer proteger al bebé de él? Una rabia ardiente y destructiva le estaba dificultando la respiración.

–¿Por qué me dijiste en septiembre que estabas embarazada?

–Tienes que comprender que...

–¿Crees que voy a ser compasivo contigo porque estés embarazada? –le temblaba la voz, a pesar de que intentase mantener la calma–. Habías pensado ocultarme el embarazo. Eso es igual que robarme a mi hijo.

–¡No! –se defendió ella, con los ojos llenos de lágrimas.

–No ibas a decírmelo. Ibas a dejarme creer que su padre era otro.

–No, eso no es así –insistió Jodie, cubriéndose las mejillas con las manos.

–¿Intentas organizar tus mentiras?

–Te mentí cuando te dije que estaba embarazada, pero no sabía que me había quedado encinta aquella noche.

Stergios se acercó más a ella.

–¿Por qué me dijiste que estabas embarazada de otro?

–Sabía que habíamos empezado algo, una obsesión sexual que podía impedirnos lograr lo que de verdad queríamos, y yo sabía que, si te decía algo así, no me lo perdonarías y me echarías de tu vida. Así los dos podríamos seguir adelante por nuestro camino.

–Ya decía yo que era extraño que hubieras confiado precisamente en mí.

–Escúchame, Stergios...

–No quiero más mentiras.

–¿Aleka y tú estáis comprometidos?

Él se quedó inmóvil. Nadie sabía nada de eso.

–¿Cómo lo sabes?

–Mi padre lo mencionó cuando vino a verme en octubre. ¿Estáis comprometidos?

–No.

Estaban cerrando los detalles del acuerdo e iba a pedirle la mano a Aleka en breve. Bajó la cabeza. Sus planes se iban a ir al traste. Su familia no podría reforzar su poder porque iba a tener que casarse con la madre de su hijo.

–Eso no explica por qué me mentiste. ¿Por qué me querías ocultar a mi hijo?

Ella respiró hondo.

–Porque quería hacerte un favor.

–¿Un favor? –la rabia peleaba por salir–. ¿Negarme la existencia de mi hijo es hacerme un favor?

–Seríamos una carga para ti –le falló la voz como si le doliera pronunciar aquellas palabras en voz alta–. Tú te vas a casar con otra persona para poder conseguir lo que quieres de la vida.

–Ya no. Ese niño es mi hijo y yo quiero ser su padre.

Aunque no supiera absolutamente nada de cómo serlo. El pulso se le aceleró al imaginarse a un bebé que iba a depender completamente de él. Siempre había sabido que cuando tuviera hijos no se parecería en nada a su padre, pero ahora que había llegado el momento tenía miedo de parecerse precisamente a

Elias Pagonis. Al fin y al cabo, tenían la misma sangre.

–Voy a ser parte de la vida de este niño –sentenció–. Voy a darle la protección de mi apellido y voy a
guiarle a cada paso del camino. No pienses que no me
interesa ser padre.

–Sé que yo sería la última persona que elegirías
como madre de tu hijo.

–Eso no es cierto.

–Recuerdo perfectamente lo que me dijiste en la
isla.

Stergios se pasó las manos por la cara, lamentando
aquellas palabras impulsadas por la ira. «Me alegro
de que un hijo mío no te tenga a ti como madre. Una
furcia, una mentirosa, una desterrada».

–Eres la madre de mi hijo y lo que sienta o no por
ti es irrelevante –respondió con suma frialdad–. Todo
lo que importa es que nos casemos.

–No.

Stergios comenzó a pasearse por la estancia. En
cuanto se diera cuenta de todo lo que tenía que ofrecerle a ella y a su hijo, pondría el dedo a su disposición. Él era quien iba a perder. Su boda con Jodie
causaría un escándalo. Era su hermanastra y una mujer con una reputación más que dudosa.

La familia Diamantopoulos se pondría furiosa y se
sentiría humillada por más tacto y diplomacia que
quisiera usar con ellos. Habían sido buenos amigos de
su familia y habrían llegado a ser buenos aliados,
mientras que ahora pasarían a ser poderosos enemigos.

–No me estás escuchando –le llegó la voz de Jodie–. ¡Stergios! –la oyó insistir–. No tenemos por qué casarnos.

Poco a poco se dio la vuelta para mirarla. Debería sentirse agradecida por que quisiera cumplir con su responsabilidad.

–Sí que tenemos que casarnos, y es lo que vamos a hacer.

–Déjame decírtelo de otro modo: yo no necesito casarme. Tengo mi dinero, casa propia y la capacidad de darle a mi hijo todas las oportunidades.

–Será el heredero de la fortuna de los Antoniou –declaró Stergios–. ¡Tenemos que casarnos!

–Nadie tiene por qué saberlo, sobre todo si yo vivo en Estados Unidos y...

–¿Vas a negarme el acceso a mi hijo?

–No –respondió ella–. Podemos llegar a un acuerdo antes de que nazca.

–¿Quieres una guerra por la custodia? Ya sabes que yo fui rehén de la batalla por la custodia de mis padres. Sabes lo que le pasó a mi familia y a mí. ¿Quieres que lo reviva?

–Stergios, eso no es lo que yo he dicho.

Tenía que salir de allí antes de que hiciera o dijera algo que fuera a lamentar.

–No pienso rogar para poder ver a mi hijo –le espetó él, y echó a andar hacia la puerta.

–¡No puedes obligarme a casarme contigo!

–Durante años he acumulado riqueza y poder para proteger a mi familia –dijo Stergios, dándose la vuelta y mirándola a los ojos hasta que la vio palidecer–. He hecho cosas que no haría un caballero honorable solo para velar por su seguridad. Pronto descubrirás que estaré dispuesto a utilizar cualquier arma que tenga a mi disposición para cuidar de mi hijo.

Jodie miraba por la ventana sin ver. Prestaba poca atención a la maravillosa vista de Atenas que tenía desde allí. Le dolía la cabeza después de haber pasado la noche casi sin dormir, y había llorado hasta caer rendida.

Stergios tenía todo el derecho del mundo a estar enfadado con ella, incluso a odiarla. Le había mentido y había acabado destrozándole la vida.

Sabía que era un hombre implacable, lo suficiente como para arrebatarle a su hijo, capaz de jugar sucio y cortarle el acceso a su hijo si la creía una amenaza, y ella no tendría los recursos suficientes como para pelear con él.

De pronto tuvo la sensación de que la estaban observando. Estudiando. Analizando. Miró a la puerta y vio a Stergios en el umbral. Se le disparó el pulso. Su aspecto era formidable, con aquel traje gris oscuro y corbata roja. No estaba preparada para otro asalto.

–Aún no me han dado el alta.

–Quería disculparme por lo de anoche –dijo él, entrelazando las manos a la espalda–. Acababan de decirme que iba a ser padre y me dejé llevar. Esas amenazas no iban en serio.

Lo que no era cierto era lo que le estaba diciendo en aquel momento. En otras circunstancias, habría mantenido en silencio todos aquellos pensamientos, pero la idea de tener que pasar por otra pesadilla como había sido su propia infancia le había paralizado.

Por eso quería una mujer obediente, pensó. Y por eso se había forzado a sí mismo hasta límites inimaginables con tal de amasar una cantidad de poder y riqueza increíbles. Necesitaba sentirse protegido, poder confiar en sí mismo para no tener que hacerlo en nadie.

Y no tenía razón alguna que le hiciera confiar en ella. Le había mentido tantas veces...

—Siento que te hayas enterado así. Ojalá pudiera compensarte —se sinceró Jodie.

—Hay algo que sí que puedes hacer —dijo él, entrando en la habitación.

Jodie se asustó. Debería haberse imaginado que iba a utilizar su sentimiento de culpabilidad para lanzarse a negociar.

—No voy a casarme contigo porque esté embarazada.

Él negó con la cabeza y se acercó a la cama.

—Quiero que te quedes en Grecia.

Su petición la pilló desprevenida. ¿No preferiría mantenerla alejada de su familia y de sus amigos?

—¿Cuánto tiempo?

—Quiero que el bebé nazca aquí. Es muy importante para mí.

Sabía que Stergios se sentía orgulloso de su herencia y que querría compartir todos los aspectos de ella con su hijo. Quería que reconociera su hogar y que sintiera que pertenecía a aquel lugar. Y todo eso, ¿dónde la dejaba a ella? Aquel no era su hogar, y, si accedía a su petición, ¿sería quizás el primer paso para lograr que se sintiera como una extraña en la vida de su hijo?

—Mi... mi vida está en Nueva York.

Allí vivían sus amigos, su red de apoyo.

–Sé que te pido mucho –dijo Stergios, mirándola como si pudiera leerle el pensamiento–, pero, si te quedas aquí, podré ir contigo al ginecólogo y ser parte del embarazo.

Una imagen se le materializó ante los ojos: la de Stergios poniendo una mano sobre su vientre, y mirándola con ternura, con una de esas sonrisas tan especiales al notar al bebé dar una patadita.

Parpadeó y la imagen se evaporó.

–No vas a tener tiempo para eso.

–Lo tendré.

–Ya he oído antes todas las excusas posibles. Mi madre estaba obsesionada con el trabajo, igual que tú, y cualquier compromiso familiar era lo primero en olvidarse.

–Tienes que darme la oportunidad –insistió Stergios.

Y tenía razón. Era lo justo, podía ser un padre excelente, un padre protector, leal, responsable y cuidadoso.

Pero ¿y ella? ¿Sería precisamente esa la razón de que tuviera miedo de darle una oportunidad? Sabía que estaba siendo egoísta, pero su preocupación era auténtica. ¿Y si empezaba a confiar en él y le fallaba? ¿Y si se cansaba de ser padre una vez le hubiera hecho sitio en su vida?

Tendría que correr el riesgo. Tenía que darle a Stergios una oportunidad. Si quería que su hijo tuviera un padre en el que pudiera confiar, tenía que empezar ya.

–Está bien. Me quedaré en Grecia, pero solo hasta que nazca el bebé.

A Jodie se le encogió el estómago al ver el brillo de triunfo de sus ojos. El hombre que prometía cuidar de ella y de su hijo iba a ser su gran valedor. ¿Por qué entonces su instinto le decía que acababa de caer en una trampa?

Capítulo 11

JODIE hizo el viaje de vuelta a casa de los Antoniou en silencio. Iba perdida en sus pensamientos,
llegaron y Stergios la ayudó a quitarse el abrigo.

–¿Está aquí mi madre? –le preguntó él al mayordomo cuando le entregó los abrigos.

–Ella y *kirios* Little le esperan en el salón.

El mayordomo miró a Jodie con compasión y se
inclinó brevemente.

–Creo que lo mejor será que me busque un apartamento en Atenas –dijo ella, mirando el árbol de Navidad–. No me voy a sentir bien aquí.

–Ya lo saben, *pethi mou* –contestó él, pasándole el
brazo por la cintura–. Ya he informado a nuestros padres de que estás embarazada.

–¡No tenías derecho a hacerlo!

–Tenía todo el derecho del mundo. El niño es mío.

–¿También eso se lo has dicho?

–Por supuesto. No tengo por qué ocultarlo.

Jodie cerró los ojos y se llevó una mano a la frente.
Estaba muy pálida, y Stergios se preguntó si no debería haberse quedado un día más en el hospital.

–No puedo entrar ahí. Va a ser una carnicería.

–No lo permitiré –respondió él, guiándola con la
mano en la cadera–. Yo asumiré la peor parte.

–Tampoco quiero eso. Y no tienes que preocuparte por mí, que no me voy a romper en pedazos porque alguien piense que soy una furcia.

–No digas eso.

–¿Por qué? Es exactamente la palabra que usaste tú para describirme.

Eso era cierto, y no se sentía precisamente orgulloso de ello.

–Es lo que tú quisiste que pensara, pero eso no es excusa. No debería haberlo hecho, y no pienso permitir que te falten al respeto.

–Dime cómo están las cosas antes de entrar en la guarida del león. ¿Cómo se lo ha tomado tu madre.

Él dudó.

–Puedes decirme la verdad –insistió Jodie.

–Quiere que te hagas una prueba de paternidad lo antes posible.

Jodie asintió, pero a continuación se detuvo y frunció el ceño.

–¿Por qué no la has pedido tú?

Tampoco él sabía por qué no había sido su primera prioridad. Era impropio de él. Sabía que no debía confiar en nadie hasta que no contara con una prueba definitiva. ¿Por qué había aceptado automáticamente que aquel bebé fuera hijo suyo cuando Jodie le había mentido en muchas otras ocasiones?

–Las fechas encajan.

–Conozco la reputación que tengo aquí, pero...

Él se detuvo y la arrinconó contra la pared.

–No.

–¿No, qué? –replicó ella, irguiéndose.

–No me lo recuerdes.

Stergios pasó el pulgar por encima de sus labios, como si quisiera borrar el contacto de otros hombres.

–Lo que quería decirte es que puedo hacerme una prueba de paternidad, pero que no es necesario –dijo, apartando su mano–. No he estado con un hombre desde hace mucho tiempo.

Stergios sintió una tremenda satisfacción. Sabía que decía la verdad. Había sentido algo en su modo de tocarle aquella noche, como si se lo hubiera estado negando durante mucho tiempo y por fin hubiera dado rienda suelta al deseo.

–Estaba decidido a mantenerte alejada de Dimos, pero no habría sido necesario. Solo te interesaba yo. Siempre ha sido así.

–Y dejará de serlo como sigas presumiendo de ello –Jodie se sonrojó.

–Vamos, *pethi mou* –dijo él, ofreciéndole la mano con una sonrisa–. Están a punto de servir el café en el salón.

Ella ignoró su gesto y echó a andar delante de él.

–Conozco los horarios de esta casa.

Stergios la sujetó por una muñeca.

–Vamos a entrar en esa habitación presentando un frente unido.

–Define «unido».

–No vas a oponerte a mí, no me vas a contradecir y no vas a causar problemas.

No quería que la oposición pudiera notar las grietas en su relación con Jodie porque las usarían en su contra y perdería el terreno que ya había conquistado.

–No hagas nada que me obligue a llevarte la contraria –respondió ella–. Y no les des detalles sobre nosotros.

Stergios ladeó la cabeza y soltó su mano.

–No soy muy propenso a confiar en los demás.

–Nadie tiene por qué saber que tú... que me retuviste en la isla. Y desde luego no tienen por qué saber lo que ocurrió hace ahora cuatro años.

–No tengo intención de darle publicidad a mi falta de buen juicio. Creía que lo harías tú.

–Entonces, es que no me conoces.

–Ya basta –dijo él, y le dio la mano, a lo que Jodie intentó resistirse–. Un frente unido –le recordó con suavidad.

–Eso no quiere decir que tengamos que ir de la mano.

–Te gusta tocarme –respondió él, apretándole la mano–. Y te gusta que yo te toque.

–Razón de más para no hacerlo.

Stergios no lo negó, pero tenía razón. No podía permitirse distracciones, así que soltó su mano a regañadientes justo antes de entrar en el salón, aunque avanzó con la mano puesta en su espalda.

Stergios vio inmediatamente a su madre y a Gregory sentados junto a la chimenea. La tensión sofocaba aquella estancia pequeña y muy adornada. Jodie se colocó delante de él, quizás dispuesta a defenderlos a ambos. ¿Acaso pensaría que no iba a cuidarla?

–Jodie –dijo Gregory, levantándose y entrelazando las manos a la espalda–. ¿Cómo te encuentras?

–Mejor, gracias.

Su voz fue apenas un susurro.

Stergios se dio cuenta de que Gregory no se había acercado a su hija, y Jodie se sentó de inmediato como si supiera que la pregunta de su padre era por pura cortesía y no por auténtica preocupación.

–El médico le ha recomendado mucho descanso –dijo Stergios, colocándose detrás de su silla–. Más comida y más líquidos.

–¿Cuándo podrá viajar? –preguntó Mairi.

Stergios reconoció el acero bajo el tono preocupado de su madre. Ya estaba planeando el viaje de vuelta de Jodie.

–Jodie se va a quedar en Atenas todo lo que dure su embarazo.

–¿Por qué? –preguntó Gregory–. Su presencia va a ser un escándalo.

–Soy perfectamente consciente de ello –respondió, mirando a su padrastro con desaprobación. Debería haberse imaginado que Gregory no sentiría ninguna ilusión por un nieto.

–Tienes que pensarlo bien, Stergios –continuó su madre, haciendo girar entre los dedos un collar de perlas–. La familia Diamantopoulos son grandes amigos, pero lógicamente esperarán un determinado comportamiento de su futuro yerno. No tolerarán que tengas un hijo. Tenemos que mantenerlo en secreto y sacar de aquí a Jodie lo antes posible.

Stergios sintió que la tensión de Jodie crecía. ¿Pensaría que había cambiado de opinión y que iba a abandonarlos a ella y al bebé?

–Ya no voy a casarme con Aleka –anunció.

Mairi palideció.

–Por supuesto que vas a casarte con ella. Es tu deber, Stergios.

–Es decisión mía –replicó él, poniendo la mano en el hombro de Jodie–, y mi deber es para con Jodie y con nuestro hijo.

Jodie cambió de postura. Se sentía incómoda.

–La fusión debe llevarse a cabo –continuó Mairi–. Con ella conseguiremos poder e influencia ilimitada. Estamos en las cláusulas finales del acuerdo, y ya no podemos dar marcha atrás.

–Hay un cambio de planes –respondió Stergios, que no estaba dispuesto a disculparse por su decisión–. Gregory, te pido permiso para casarme con tu hija.

Jodie se dio la vuelta de golpe.

–¡Stergios!

Pero él no la miró. Tenía la vista puesta en Gregory, que parecía aterrado. No necesitaba su aprobación, pero sentía curiosidad por saber cómo iba a reaccionar su padrastro. Estaba claro que no le apoyaba, pero tampoco iba a interferir.

Jodie se levantó como un rayo de la silla.

–Ya hemos hablado de ello, y te he dicho que no voy a casarme contigo.

–Gracias a Dios –murmuró su madre.

Pero Jodie se quedó más pálida y pareció tambalearse.

–Perdón –dijo, agarrándose a él–. No me siento bien.

–¿Qué pasa?

–Me he levantado demasiado deprisa –explicó, y cerró los ojos–. Voy a echarme un rato.

Stergios la tomó en brazos, y, cuando ella apoyó la cabeza en su hombro y suspiró, aquella confianza y aceptación estuvieron a punto de deshacerle. Abandonaron el salón sin hacer caso de la furia de Gregory ni del gélido silencio de Mairi.

–Déjame en el suelo, Stergios –le ordenó al llegar al

vestíbulo. El bueno del mayordomo, que llevaba una bandeja con el café en las manos, los miró boquiabierto–. No es necesario que montemos una escena.

–¿De verdad te encuentras mal?

–¿Por qué iba a mentir?

–Para evitar que tu padre tomase una decisión.

Su percepción pareció sorprenderla.

–Por eso he interrumpido. No deberías haberle dicho eso. ¿Qué ha sido del frente unido que querías? Además, da igual lo que hubiera dicho porque no vamos a casarnos.

–Calla –dijo él, cuando llegaban ya al segundo piso y giraban a la derecha–. No te encuentras bien, y no sabes lo que dices.

–Estoy embarazada, no inválida. Que no esté de acuerdo contigo no significa que mi opinión no sea razonable –miró a su alrededor–. ¿Adónde me llevas?

–A mi habitación. Queda más cerca.

Las habitaciones de Stergios no eran como se las esperaba. Apenas pudo reparar en el salón, decorado en colores piedra y arena, pero el dormitorio, con sus muebles de líneas fuertes y en madera natural le recordaron a su refugio en la isla. No tenía la formalidad del resto de la casa.

La dejó con cuidado sobre la cama y se le aceleró el pulso. No debería quedarse a solas con él. Vio que se agachaba a quitarle los zapatos. Estaba tan enamorada de él que le dolía que nunca fuera a ser recíproco el sentimiento. No podía correr el riesgo de creer que un día eso cambiaría.

–Voy a pedir que te traigan aquí tus cosas –dijo él, sentándose en el borde de la cama.

–¿Te has vuelto loco? –preguntó, incorporándose de golpe. La habitación comenzó a darle vueltas y gimió.

–Túmbate –dijo él, empujándola por los hombros.

–No pienso compartir habitación contigo. Me buscaré un sitio para vivir y mientras, me quedaré en un hotel.

–Donde vayas tú, voy yo.

–Te he dicho que me quedaría en Grecia, pero no contigo.

–Necesitas que alguien te cuide.

En eso tenía razón.

–Contrataré a alguien.

Stergios le colocó un mechón perdido tras la oreja.

–*Oxi*, quiero tomar parte en el embarazo.

Ella se incorporó sobre los codos.

–¿Y qué pasará si nos casamos y tengo al niño? ¿Qué será de mí?

Él le acarició el cuello con el dorso de la mano.

–¿Qué quieres decir?

–Tú solo quieres que nos casemos para tener el control legal del niño. ¿Qué pasará después?

–Pues que lo criaremos.

–¿Juntos? Lo dudo –sabía lo que les pasaba a las mujeres de su esfera social–. Me dejarás a un lado. Seré la extraña. Me enviarás lejos y te quedarás con el niño.

Él sonrió de medio lado.

–No voy a hacer tal cosa.

–Y solo será cuestión de tiempo que el niño y tú os olvidéis de mí.

–Imposible –respondió, apoyando las manos en el colchón, una a cada lado de ella–. Quiero que nuestro hijo tenga hermanos.

–¿Qué?

–Nunca me ha gustado ser hijo único –contestó Stergios, besándola en la mejilla–. Y sé que a ti tampoco.

Ella quería tener una gran familia. Muchas veces había soñado con una casa a reventar de niños, risas y amor.

Stergios fue dejándole un rastro de besos en la mandíbula.

–El matrimonio pretende proteger tu propiedad y a sus herederos. Haré de ti mi esposa si así protejo a mi familia, pero no tengo interés en que sea un matrimonio solo sobre el papel. En cuanto nos casemos, compartirás mi cama y serás la madre de mis hijos.

Su suave tono de voz no ocultaba la intensidad de sus palabras.

–¿Cómo puedes hacer semejante declaración? ¡Pero si ni siquiera tenemos una relación!

Volvió a ponerse sobre ella y vio en sus ojos un brillo posesivo.

–Eso hay que cambiarlo ya mismo.

–Basta –cortó, con el corazón latiéndole salvajemente–. No vas a seducirme para que me case contigo.

¿Por qué había tenido que desafiarle?

–Ni se me ocurriría –contestó él, y tomando su mano, le besó la yema de los dedos–. Anda, duérmete. Necesitas descansar.

Ella apartó la mano de un tirón.

–Lo digo en serio, Stergios. No voy a vivir contigo y no voy a compartir tu cama.

–Sí que lo harás, *pethi mou*. Y muy pronto –le prometió levantándose–. Me darás cuanto quiera y aún más.

Capítulo 12

SEGURO que quieres hacer esto? –le susurró Jodie a Stergios mientras avanzaban por aquel cavernoso museo en dirección a la colección Antoniou. Su vestido de baile negro siseaba al rozarse con sus piernas mientras seguían las señales de intenso color que marcaban la dirección de la muestra.

–Llevo mucho tiempo deseando que llegase este momento –dijo él cuando pasaron bajo el arco que daba acceso a la exclusiva fiesta–. La familia Antoniou donando artefactos históricos al museo en una muestra que estará de gira durante años.

–No, no es eso lo que quiero decir. Sé que quieres estar aquí –emanaba orgullo de él apenas habían puesto un pie en el prestigioso museo, y no quería empañar su momento–. ¿Está seguro de que quieres que asista yo contigo?

Se detuvo a mirarla.

–Estás nerviosa –se sorprendió.

¡Pues claro que lo estaba! No quería dejarle en mal lugar. De pronto fue consciente de que todas las miradas estaban puestas en ella y miró a su alrededor. La gente parecía reticente, pero al menos no abiertamente hostil.

Stergios le puso la mano en la espalda, y el contacto no la ayudó a controlar los nervios. Seguían durmiendo en habitaciones separadas, y a veces desearía no haber trazado aquella línea de separación, pero al mismo tiempo no estaba segura de si la solicitud de Stergios para con ella era solo temporal, algo que le hiciera bajar la guardia.

No ayudaba mucho que aquel condenado esmoquin que llevaba acentuase las líneas perfectas de su cuerpo. De hecho, se le había quedado la boca seca al verle.

—Sé tú misma —le dijo al oído—, y quédate cerca de mí si te sientes insegura.

Jodie se rio.

—Vaya, no es el consejo que me suelen dar —el más habitual era que mantuviese la boca cerrada y que no se hiciera notar—. ¿Por qué has querido que asistiera?

—Es un evento que honra la historia de mi familia —contestó, al tiempo que saludaba a alguien con un gesto de la cabeza.

—Yo no soy tu familia. No estamos comprometidos, y no voy a casarme contigo.

Había tenido la impresión aquellos últimos días de que Stergios se limitaba a esperar, convencido de que era solo cuestión de tiempo que acabase cediendo.

—Pero eres la madre de mi hijo —respondió él, y se llevó su mano a los labios para besarla en los nudillos antes de colgársela del brazo—. Quiero que todo el mundo sepa que estás bajo mi protección. Cuando se anuncie tu embarazo, todos sabrán que reconozco a mi hijo.

—¿No sería mejor que nadie lo supiera? —preguntó. Todo el mundo los miraba.

–¿Es que te avergüenzas de que te dejase embarazada?

–¡No!

–Entonces, ¿tan extraño te resulta que quiera mostrarte?

–Pues sí –respondió Jodie, tocándose sin querer los pendientes a juego con el collar que llevaba puesto, pero inmediatamente bajó la mano. No quería estropearlos. Stergios se había presentado con aquellos pendientes y el collar a juego en una antigua caja de madera, supo que pertenecían a su familia. En un principio se había negado a ponérselos, pero él había insistido, y Jodie no podía evitar sentirse honrada por el gesto–. Pero no te preocupes, que no voy a hacer nada que pueda avergonzarte.

–Lo sé. Tus tonterías de antes solo pretendían llamar la atención –dijo, entregándole una copa de zumo de naranja–. No querías que se olvidaran de ti, o que te ignoraran, y eso ya no es necesario. Tienes toda mi atención.

Jodie sintió que se sonrojaba y apartó la mirada, y al hacerlo se encontró con unos conocidos ojos castaños, con lo que la tensión que estaba sintiendo cedió un poco.

–Hay mucha gente aquí que se acordará de mi pasado –comentó con una sonrisa.

–¿Reconoces a alguien?

–Sí. Es una de las ventajas de haber asistido a tantos internados por todo el mundo. Casi seguro que siempre conozco a alguien en los eventos de la alta sociedad –señaló a la joven morena que la saludaba con entusiasmo–. Es Sofia Xenakis. No la había vuelto a ver desde que me echaron de uno de los internados.

–¿Es hija de Theodoros Xenakis, el magnate de la comunicación?

Jodie percibió curiosidad en su voz.

–Sí. ¿Lo conoces?

–No en persona. Llevo años intentando reunirme con él, pero es un auténtico recluso. No se ve con nadie que no pertenezca a su círculo más íntimo.

–¿Ah, sí? –preguntó ella con una media sonrisa.

–Pues sí. ¿Por qué?

–He estado en su casa de las Bahamas varias veces, cuando las dos estábamos de vacaciones, y es un amor –sonrió de oreja a oreja–. Ven que te presento a su hija.

Stergios se apoyó en la pared del museo para responder a un mensaje urgente y no se dio cuenta de que su primo se le acercaba hasta que no lo tuvo al lado.

–Dimos –lo saludó–. No sabía que ibas a asistir. ¿Ha venido Zoi también?

–No somos siameses –le espetó, frunciendo el ceño y señalando furioso hacia el centro de la estancia–. ¿Qué hace ella aquí?

–Es mi invitada –contestó, guardando el móvil.

–¿Por qué? Hay montones de fotógrafos y periodistas, y se supone que estás cortejando a la heredera de los Diamantopoulos, y no les va a hacer ninguna gracia que hayas venido con otra mujer a un evento tan importante, aunque sea tu hermanastra. Lo que quieren es que luzcas a su hija. Es un juego de poder.

–Ya no busco la fusión con ellos.

Era extraño que no lo lamentase. La alianza le hubiera facilitado todo lo que quería conseguir, pero ahora toda su energía se concentraba en casarse con Jodie. Era una idea que lo llenaba de ilusión.

–¿Porque has dejado embarazada a Jodie?

Stergios se volvió a mirarle sorprendido. ¿Cómo demonios se había enterado? Jodie jamás divulgaría esa clase de información. Mirando a su primo se puso de inmediato en guardia: no le gustaba la pizca de amargura y envidia que veía brillar en sus ojos.

–Sí, me he enterado –reconoció–. Tu madre está intentando evitar que el rumor se extienda, pero va a ser imposible.

–Bien.

–¿Bien? ¿Cómo puedes decir eso? No sé por qué te posicionas públicamente en un asunto como este. No eres el primer hombre de los Antoniou que tiene hijos fuera del matrimonio.

–¿Hay algo que deba saber, Dimos? –preguntó, enarcando las cejas.

–No tienes que tirar por la borda todo por lo que tanto hemos trabajado solo para reconocer a un niño. No hay necesidad de darle tu apellido. ¿Por qué empeñarte, si Jodie dispone de su propio dinero?

–No lo entenderías.

Protegería a su heredero aunque para ello tuviera que proteger a la madre.

Dimos se acabó la copa mientras veía a Jodie charlar animadamente.

–No puede ser... –dijo en voz baja, abriendo los ojos de par en par–. ¿Lleva las amatistas de la familia?

Stergios asintió satisfecho, viendo brillar las piedras violeta en sus orejas y en su cuello. Parecían estar hechas para ella.

–Ahora sí que no hay quien lo esconda –sentenció Dimos, alzando las manos–. No me extraña que toda la alta sociedad ande arremolinada a su alrededor. Incluso los periodistas sabrán lo que esto significa. Le estás diciendo a todo el mundo que va a ser una Antoniou.

Pero ella no sabía que aquellas joyas eran algo más que una herencia. Un día le contaría que esas piedras formaban parte del legado de la familia y de un ritual, y que, cuando le había cerrado el collar alrededor del cuello, le estaba declarando al mundo que iba a ser su esposa.

–¿Sabe tu madre que esa mujer lleva las joyas?

–Un poco de respeto –le advirtió Stergios–, que esa mujer va a ser mi esposa y la madre de mi hijo.

–¿Por qué lo haces? ¿Tan buena es en la cama que te ha trastornado la cabeza?

–Nunca lo sabrás. ¿Es eso lo que no puedes soportar?

–Incluso yo supe siendo un crío que Jodie no es la clase de mujer con la que te casas. Es de usar y tirar. Puedes probarla un par de veces y luego...

Inesperadamente, Stergios agarró a su primo por la corbata.

–Calla.

–Suéltame –dijo Dimos en voz baja–. La gente nos mira.

–No me importa.

–No te estoy diciendo nada que no se haya dicho ya –continuó con voz ahogada y rojo como la grana.

–Eso va a cambiar –sentenció Stergios, soltándole.

Dimos tosió y se aflojó la corbata.

–¿Es que vas a amenazar a toda la familia? La próxima cena va a ser un espectáculo.

–Haré lo que sea necesario para que la acepten.

–Eso no va a ocurrir –respondió su primo, dando un paso atrás con cautela–. Vas a ser el hazmerreír de todo Atenas si te casas con una mujer como esa. No la van a mirar.

–En ese caso, hazles llegar un mensaje de mi parte –dijo Stergios, glacial–. Quien le falte al respeto a Jodie, me lo falta a mí. Si alguien se atreve a hacerle daño, se las verá conmigo. ¿Queda claro?

–Estás cometiendo un terrible error –dijo Dimos antes de alejarse–, pero no tardarás en darte cuenta. Solo espero que no arrastres a la familia Antoniou contigo.

Capítulo 13

UNA semana más tarde, Stergios se acercaba con cautela al dormitorio de Jodie. Había planeado con cuidado su siguiente paso, y lo que hiciera o dijera podría echar a perder el trabajo que había hecho hasta aquel momento.

La puerta estaba entreabierta y oyó que algo se caía al suelo, seguido de una palabra muy expresiva de fastidio. Llamó con los nudillos antes de abrir.

Se le iluminaron los ojos al verla. Aquel top verde lima y los pantalones gris marengo de deporte se le ceñían a las curvas como un guante. Se estaba estirando, intentando alcanzar algo que tenía encima del armario. Fue entonces cuando vio que tenía la maleta abierta.

–¿Qué pasa aquí?

Jodie se sobresaltó al oírle. Tenía el rostro congestionado de hacer ejercicio y la rabia le brillaba en los ojos.

–¿A ti qué te parece? –le espetó, doblando de mala manera un vestido para meterlo en la maleta–. Me marcho.

Un miedo incontrolado creció dentro de él.

–No, tú no te vas –dijo, sujetándola por un brazo.

–Tengo que hacerlo –respondió ella, soltándose–.
Me juré a mí misma que nunca volvería a vivir así.

–¿Qué ha pasado?

Se alegraba de haber seguido una corazonada y
haber vuelto antes a casa. No tenía tiempo libre, pero
había percibido la rabia de su familia hirviendo bajo
la superficie durante el desayuno.

Era culpa suya. No esperaba que su familia cues-
tionara sus decisiones. Nunca lo habían hecho antes, pero ahora debían de tener la sensación de que
Jodie lo había seducido de otro modo. Hasta entonces solían congregarse a su alrededor como sirvientes devotos que quisieran complacer a su amo, algo
que a veces había encontrado muy irritante. Quizás
por eso encontraba la actitud de Jodie muy refres-
cante.

–Sé que soy una carga, como cuando era una cría.
Mi padre se avergüenza de mí, y le preocupa que va-
yan a penalizarlo solo por relacionarse conmigo, y
Mairi quiere que me largue, pero de la casa, de la
ciudad y de su vida. ¿Te suena?

Por supuesto, pero había querido pensar que aquella vez iba a ser diferente. Lo tenía a él como aliado y
protector, pero no estaba lo suficiente en casa para
establecer una barrera física.

–¿Y cómo respondo a todo esto? Escondiéndome
otra vez –tiró un par de zapatos a la maleta–. Esa fue
mi estrategia cuando me vine a vivir aquí la primera
vez. Luego hice precisamente lo contrario, pero solo
obtuve aún más dolor. Intento ser invisible porque
esta familia se niega a hacerme un sitio. Me dijiste
que nos dedicarías tiempo al bebé y a mí, pero te pa-

sas hasta el último minuto del día en la oficina –volvió al armario y descolgó un vestido–. Es lo mismo que hacía mi madre cuando se estaba construyendo su imperio. Estaba sola entonces, y lo sigo estando ahora.

–Ya no voy a estar tanto tiempo en la oficina –contestó Stergios, cerrando la maleta. Llegaría a casa por la tarde cuando consiguiera reorganizar la pesadilla en que se había convertido las relaciones públicas. La noticia de que había dejado embarazada a su hermanastra debería haber durado una semana, pero no ayudaba que no hubiese fecha de boda, ya que reflejaba su falta de compromiso con la madre de su hijo. Sugería inestabilidad, además de ambigüedad legal hacia su heredero.

–Me siento atrapada –confesó Jodie–. Me juré una vez que no volvería a vivir así y he vuelto a ese viejo patrón. Me quedo en mi habitación o me escondo en el jardín.

–No te vas a marchar.

–Me quedaré en Grecia, pero no en esta casa. De momento, me voy a un hotel –se pasó una mano por el pelo y suspiró–. Debería haberlo hecho desde el principio. ¿Por qué te empeñaste en que me quedara aquí?

–Este es el lugar más seguro para ti. Tenemos la mejor seguridad y nadie puede llegar hasta ti.

–No tienes que preocuparte, Stergios. No hago más que decírtelo, pero no me escuchas. Te prometo que nadie me va a tocar.

Con los dientes apretados, él le informó de las amenazas que habían empezado a recibir en cuanto hicieron la primera aparición en público. Estaba acostumbrado a que las amenazas fueran dirigidas a él, pero, cuando el equipo de seguridad le informó de la primera amenaza contra Jodie, su rabia fue inmediata y brutal.

–Ahora eres una figura pública –dijo.

–Estaré a salvo en un hotel.

–Lo estarías más aquí.

Jodie se cruzó de brazos.

–¿Estás intentando protegerme, o intentas que no me entere del escándalo?

Así que aquella era la explicación de su repentina necesidad de marcharse: que se había enterado del escándalo que lo estaba debilitando. Su familia y sus colegas no le respaldaban y sus enemigos, que habían olido la sangre, lo rodeaban al acecho.

–Me he enterado hoy –le dijo Jodie–. Hace unas semanas que no llega el periódico. Ah, y la conexión de Internet lleva en reparación una semana –arqueó las cejas–. Qué coincidencia.

Stergios se pasó la mano por la nuca.

–No quiero que te preocupes. El médico ha dicho que debes evitar el estrés.

–Evitar el estrés –repitió Jodie–. ¿Cómo voy a evitarlo si soy yo la fuente?

Él no lo veía de ese modo. Podía ser desafiante y frustrante para él, pero también le aportaba alegría y luz. Jodie era su puerta en la tormenta que se arremolinaba en torno a él.

–Has pasado mucho en la vida. Has tenido que sobreponerte a experiencias horribles, y cuando por fin todo iba de maravilla... –se le humedecieron los ojos–, he tenido que aparecer yo.

–Ten un poco más de confianza en mis habilidades, Jodie. He logrado muchas cosas, y ahora acabo de comenzar.

–Deberías haberte casado con Aleka.

–Ese barco ya zarpó.

Esa sugerencia se la hacía todo el mundo, pero últimamente había llegado a la conclusión de que se parecía más al lanzamiento de un proyectil.

–Quizás debería volver a Estados Unidos –era como si estuviera haciendo ya planes–. Sería lo mejor para los dos.

–¡*Oxi*, no!

–Volvería para dar a luz.

Stergios se colocó delante de la maleta.

–Eso queda fuera de toda discusión.

–El bebé nacerá en Grecia, te lo prometo. Puedes confiar en mí.

–¿Confiar? Esto es increíble. ¿Por qué iba yo a confiar en ti si tú no confías en mí?

Jodie abrió los ojos de par en par.

–No entiendo. ¿De qué estás hablando?

–Ocultas tus sentimientos porque no confías en mí. ¿Qué es lo que te preocupa? ¿Crees que no voy a poder arreglarlo? ¿Que no me van a importar tus preocupaciones?

–Tú tampoco compartes conmigo las tuyas.

–Es mi trabajo protegeros a ti y al bebé –respondió él, frunciendo el ceño–, pero tú, en lugar de dejarme que lo haga, quieres irte.

–No es así como yo lo veo. Por nosotros estás perdiendo todo por lo que has trabajado tan duro. Por mí, en realidad. Y has decidido no contármelo.

–Porque no quería que lo utilizaras como excusa para marcharte. Y no estoy dispuesto a perderos, ni a ti, ni al bebé.

–¿Qué más te da que me quede o me vaya? –preguntó ella, dejándose caer en la cama.

Stergios respiró hondo. Ya la estaba perdiendo. No compartían la misma habitación, ni, por supuesto, la misma cama. Le estaba apartando de su vida, y no podía permitirlo.

–Voy a estar donde tú estés –dijo a regañadientes–. Si no quieres quedarte en esta casa, decide tú dónde quieres que vivamos.

–No puedes irte lejos de tu empresa, y menos ahora, cuando la gente anda buscándote la espalda.

Se agachó delante de ella.

–Ya encontraré el modo. ¿Dónde, Jodie?

–Quiero volver a la casa de la isla.

Se quedó helado. Él pensaba que aquella casa sería un recuerdo desagradable para ella. Allí la había secuestrado, y allí la había echado de su vida.

–¿Por qué allí?

–Tienes razón –murmuró ella–. No sirve. Es tu refugio, y no está pensado para vivir allí de continuo. No tiene teléfono.

–Te equivocas –respondió él, tomando sus manos–. Después del fin de semana que pasamos allí, he reacondicionado la casa. Tiene la última tecnología y un generador que funciona en condiciones. Y, cuando supe de la existencia del bebé, añadí algunos cambios más.

A Jodie se le iluminó la cara.

–¿De verdad? ¿Has preparado algo para el bebé?

–apretó sus manos–. Quiero verlo. Tienes que llevarme allí, Stergios. Quiero volver a tu casa lo antes posible.

–A nuestra casa –la corrigió–. Vámonos ahora mismo.

Unas horas después, la sensación de paz que invadió a Jodie al llegar a la isla fue absoluta: el olor del mar, el sonido de las hojas movidas por la brisa... hacía semanas que no se sentía tan bien. A lo mejor aquel lugar podía ser el hogar que siempre había deseado.

–Casi hemos terminado la renovación –dijo él, abriendo la puerta–. No te preocupes por las construcciones que hemos visto al llegar, porque están al otro lado de la isla. Es que estoy construyendo unas casas para los empleados.

¿Empleados? Iba a ser distinto si había que compartir aquel paraíso con otros.

–Necesitaremos una cocinera, una niñera y alguien de mantenimiento.

Jodie se mordió el labio inferior para no sonreír. Era genial que Stergios hubiera tenido tiempo de pensar en contratar a una niñera. Le gustaba comprobar que aguardaba el nacimiento con ilusión, y cómo estaba haciendo sitio en su vida para el bebé.

–¿Qué cosas has mejorado? –preguntó al entrar.

–La más avanzada tecnología de comunicación. Luego te enseño cómo funciona la pantalla táctil.

Jodie entró en la habitación que había utilizado antes. Estaba vacía.

–Stergios, ¿qué le ha pasado a mi habitación?

–Que acabamos de terminar. Podría ser la habitación del bebé. Así podrás decorarla como quieras.

Se volvió y lo encontró apoyado en el quicio de la puerta, como si no quisiera darle importancia.

–¿Solo hay un dormitorio? –le preguntó.

–Sí –contestó él tranquilamente.

Le bastó con mirar un instante el dormitorio para que la asaltaran recuerdos eróticos de la última vez que estuvieron allí.

–Mejor duermo en el salón.

–Nunca permitiría que una mujer durmiese en el sofá.

–Tú no cabes aquí –dijo Jodie, señalando los sofás blancos que rodeaban la chimenea–. Y ya duermes poquísimo, así que no voy a dejar que duermas aquí.

–Y no lo voy a hacer.

Stergios sacó su tablet del maletín y se sentó en el sofá.

–Es tarde y deberías descansar. Yo voy a trabajar un rato.

A Jodie se le aceleró el corazón de nuevo. Iban a compartir alcoba. Compartirían cama. Toda la noche.

Tomó la pequeña maleta y, sin decir nada más, entró en el dormitorio, cerró la puerta y se volvió a contemplar la cama mientras la excitación le corría por las venas.

Y eso que no tenía por qué estar excitada, porque compartir cama no significaba sexo. De hecho, estaba dispuesto a compartir cama porque ya no sentía ese deseo incontrolable de tenerla. ¿Por qué? ¿Qué había hecho para matar la atracción? ¿Sería el embarazo, o que no había mujer que pudiera cautivar su atención durante un tiempo prolongado?

Debía andarse con cuidado. Una palabra, un movimiento, y no podría quitarle las manos de encima, y, si volvían a tener sexo, se daría cuenta de lo que sentía por él y lo utilizaría sin pestañear en su propio beneficio.

Capítulo 14

S TERGIOS?
Oía a Jodie hablando a lo lejos. La oscuridad lo rodeaba e intentaba patalear y abrirse paso hasta la superficie. Tenía que alcanzar a Jodie. Parecía desesperada. Aterrada.

–¿Stergios? –su voz atravesó la última barrera–. Despierta.

Se despertó de golpe y con el corazón en la garganta. Los ojos le ardían mientras exploraba su entorno. Ya no estaba en la comisaría de policía en la que su familia había quedado irrevocablemente rota, ni él era el niño vulnerable que no podía soportar que lo tocaran o que lo ayudaran.

Estaba a salvo. Nadie podía hacerle daño. Y no estaba solo.

–¿Qué ha pasado? –preguntó, a pesar de que tenía los labios y la garganta secos.

–Que estabas gritando –respondió Jodie, tomando su cara entre las manos. Su contacto le resultó fresco. Llevaba un camisón rosa y el pelo revuelto de dormir–. ¿Estás bien?

No, no lo estaba. Tenía el pulso desbocado y estaba cubierto de sudor.

–Necesito una ducha –anunció, levantándose de golpe.

–¡Stergios!

Salió corriendo al baño de la habitación como si le persiguiera el mismo demonio, y una vez hubo cerrado con llave, se apoyó contra la puerta y se dio cuenta de que temblaba de los pies a la cabeza.

No podría decir cuánto tiempo estuvo bajo el chorro de la ducha, pero cuando salió estaba helado. Se secó con brusquedad intentando entrar en calor y acudió al vestidor en busca de algo que poder ponerse para dormir. Con el pijama azul marino ya puesto, respiró hondo y abrió la puerta.

Tal y como se imaginaba, Jodie esperaba allí mismo, con los brazos cruzados y dando golpecitos de impaciencia con el pie en el suelo.

–¿Ya estás bien? ¿Con qué frecuencia tienes pesadillas?

–Hacía años que no las tenía.

–¿Con qué estabas soñando?

–No me acuerdo.

Esa era la respuesta que daba siempre. No quería hablar de sus pesadillas. Sabía que revelaban más de él y de sus miedos que de la odisea que había tenido que pasar.

Sintió su mirada mientras volvía a la cama. Jodie regresó sin decir nada más a su lado y se tumbó, pero Stergios sabía que no había terminado.

–¿Tienes mucho estrés? –preguntó ella. Era dolorosamente consciente de su presencia, de su olor, de su color, del sonido de la seda de su camisón contra el algodón de la cama–. Sé lo que está pasando en tu oficina. Algo sobre que la junta ha perdido la confianza en ti porque has dejado a una mujer embarazada accidentalmente. ¿Es así?

Stergios apretó los dientes. Sabía bien de dónde había sacado Jodie esa información.

–Y dices que mi madre no te dirige la palabra, ¿eh? No, no me preocupa lo que pase en la oficina. Todo volverá a su ser, como siempre.

–Entonces, ¿qué ha desencadenado la pesadilla?

–No sé lo que las desencadena.

Inmediatamente se dio cuenta del error que había cometido. Ya no habría modo de parar sus preguntas

–Así que ha habido más de una. ¿Cuándo empezaron?

–La noche que te dejé en el hospital –admitió él de mala gana.

–Siento que tuvieras que enterarte de ese modo –se disculpó Jodie.

–Estoy bien.

¿Por qué demonios se empeñaba en seguir mintiendo si ella debía de estar notando la velocidad con que le latía el corazón?

–¿Sueñas siempre lo mismo?

–Buenas noches, Jodie. Siento haberte despertado.

Apagó la luz de la mesilla y se colocó las manos bajo la cabeza. Estaba agotado, pero sabía que no iba a dormir ni un minuto más.

Jodie le acarició el pecho, y él no se lo impidió. Necesitaba caricias que le aportasen serenidad, y sorprendentemente, parecía funcionar.

–No importa cómo me enterara del embarazo –dijo

al fin, con la mirada en el techo–. Las pesadillas habrían empezado de todos modos.

–¿Con qué sueñas? ¿Con los secuestradores? ¿Con el bosque?

–*Oxi...* –contestó él, cerrando los ojos–. Sueño con el día que me rescataron.

–¿Y eso es una pesadilla? ¿No sería más bien un día especial?

–Al principio lo fue. Me reuní con mi familia, pero mi padre no estaba. Solo lo vi un instante cuando llegué a la comisaría. Y entonces fue cuando me enteré de que el secuestro había sido cosa suya.

La sensación de traición era incontenible.

Jodie siguió acariciándole el pecho. El ritmo de sus movimientos resultaba casi hipnótico y la tensión que se le había acumulado entre las costillas comenzó a aflojar.

–Lo detuvieron y dio la información como parte del trato que hizo con la policía. No estaba dispuesto a decirles nada a menos que sacase algo de provecho. De no haber sido así, no sé cuánto tiempo habría seguido desaparecido.

–Y has vuelto a tener esa pesadilla desde que te has enterado de que vas a ser padre –adivinó ella–. ¿Lo has soñado todas las noches?

Creía haber superado lo de las pesadillas y estar ya en el siguiente nivel, pero al parecer enterarse de que iba a ser padre había sido un paso atrás.

–Lo de esta noche ha sido distinto –confesó, y le sujetó la mano–. En el sueño, al verle, no tenía su cara, sino la mía.

–Tú no te vas a parecer a tu padre.

—Eso no lo sabes.

Había heredado muchos rasgos de Elias Pagonis. Era implacable y ambicioso como él.

—Sé qué clase de hombre eres, Stergios. Conozco tus defectos, pero no tienes ni un ápice de maldad en el cuerpo.

—No estés tan segura —contestó él, sonriendo de medio lado.

—Lo estoy. También sé que tu padre tomó algunas decisiones que lo llevaron por un camino que tú nunca tomarías. Elias Pagonis ya tomó decisiones más que cuestionables antes del secuestro.

—Era un mentiroso y un embaucador —se había olvidado de sus otros pecados. El secuestro lo había cubierto todo, pero la conversación con Jodie le hizo recordar—. Su economía suscitaba muchas dudas.

—Tú no eres tu padre.

A veces era peor. Soltó su mano. Elias Pagonis no era el peor hombre con el que había tenido que vérselas. Cuanto más poder acumulaba, más monstruos le salían al paso, decididos a hacerle pedazos.

—Tu padre era un peligro para tu familia —continuó Jodie—, pero tú la proteges precisamente de gente como él.

—No conoces mis métodos.

A veces resultaba tan terrorífico como los monstruos que pretendía mantener a raya.

—Cuidas de los más vulnerables —continuó Jodie, acariciándole el cuello—. Jamás permitirías que le hicieran daño a un niño.

Y, si algo le ocurriera al suyo, le destrozaría.

—No puedo hacer esto sin ti —dijo con voz áspera—.

Quiero que me lo hagas saber si notas que me estoy volviendo como mi padre.

–Stergios, eso no va a pasar.

–Prométemelo, Jodie –le rogó. Sabía que podía confiar en ella. Tenía el valor necesario para enfrentarse a él cuando algo no estaba bien, y era la única persona que querría tanto a su hijo como él.

–Lo prometo, pero me estás pidiendo demasiado. Yo no podría hacerte tanto daño.

–Preferiría que tú me hicieras daño antes que... antes que fallarle a mi hijo.

Ella le puso la mano en el hombro.

–Y eso, Stergios, es por lo que nunca podrás ser como tu padre.

Jodie suspiró satisfecha y poco a poco fue despertándose. Estaba rodeada de calor y se acurrucó, pero de pronto sintió que unas manos fuertes la agarraban por los brazos, y el delicioso calor desapareció.

Stergios la mantenía alejada.

–Serías capaz de tentar a un santo, Jodie.

Ella parpadeó varias veces hasta abrir los ojos.

–¿Qué pasa? –preguntó con la voz pastosa del sueño. El dormitorio estaba a oscuras, pero vio los primeros rayos de luz filtrarse a través de las cortinas.

–Estás demasiado cerca –protestó Stergios–. Sabía que ocurriría esto si compartíamos cama.

«¿Demasiado cerca?». Volvió a parpadear. En lugar de estar a un lado de la cama, estaba abrazada a él, con la cabeza en su pecho y sus caderas junto a las de él.

En algún momento de la noche se había ido acercando a su calor y a su fuerza, en realidad porque no quería contenerse más. Ahora sabía que no iba a hacerle daño, que se preocupaba por ella y por el bebé.

Apartó la pierna y reparó en que los finos pantalones de algodón que llevaba él no podían ocultar su erección, y sintió un latigazo de calor en la entrepierna al recordar cómo había sido su anterior encuentro.

—¿Quieres que me vaya a dormir al sofá? —preguntó, alejándose.

Antes de responder, Stergios la atrapó con un brazo.

—Inténtalo, y te traigo a rastras.

—Ten cuidado, Stergios —bromeó ella—, que estás invadiendo mi lado de la cama.

—Esto no es asunto de risa, *pethi mou*. Como te acerques un poco más, nada me va a detener.

—Correré el riesgo.

—Eras tú la que no quería compartir cama, ¿recuerdas?

Pero eso había sido semanas atrás, cuando todo lo que compartían era la certeza de que iban a ser padres, y ella quería algo más. Quería ser para él algo más que la madre de su hijo. Ahora estaban dando los primeros pasos hacia una nueva vida.

—Pero, si te has creído que vamos a tener un matrimonio sin sexo, es que has perdido la cabeza —añadió él.

—Yo creía que tu interés iba a decaer porque no iba a ser una conquista fácil.

—¿Decaer? —repitió Stergios con voz ahogada—. Te deseo más cada día, pero no confío en mí mismo contigo. Llevo todas estas semanas sumido en una pura agonía.

–Pues lo disimulas bien –respondió ella, acercándose a él y poniendo los labios en su cuello.

–Jodie, si te toco, no voy a saber controlarme.

–Los médicos han dicho que no pasa nada –le recordó–. Tú mismo los oíste decirlo.

–Pero ellos no saben cómo me pones.

–Ellos no, pero yo sí sé que tendrás cuidado –arqueó la espalda y sus pechos se apretaron contra él–. Me vas a llevar al límite del placer. Harás que me rinda hasta gritar tu nombre, pero nunca me harás daño.

Capítulo 15

LA ATMÓSFERA se cargó de electricidad entre ellos y Jodie pensó que se iba a abalanzar sobre ella. Era lo que deseaba. Quería sentir el deseo que le volaba por las venas. Pero Stergios la tomó por sorpresa cuando lo que reclamó fue su boca en un beso lento y húmedo que la hizo gemir.

Sin embargo, ella no podía contener la creciente necesidad que palpitaba en su interior y acarició su cuerpo con urgencia y codicia. Le gustaba sentir cómo sus músculos se contraían al acariciarle el vientre o la espalda, y fue solo cuando deslizó una mano bajo la cinturilla del pantalón del pijama cuando Stergios dejó de besarla y ella vio aparecer un brillo intenso en su mirada.

Con un movimiento felino, la agarró por las muñecas y le subió los brazos por encima de la cabeza. Jodie alzó la cabeza para besarlo, pero él no se lo permitió, lo que la hizo gemir de frustración.

–Paciencia, *pethi mou*.

¿Paciencia? Hacía meses que no compartía su cama. Le ardían los labios, lo mismo que la piel, por sentir sus caricias. Sentía los pechos pesados y llenos, y movió las caderas para aliviar un pálpito insistente. ¿Acaso no sentía su intensa necesidad? Pues claro que sí.

–¿Te estás vengando? –le preguntó sin aliento al sentir su lengua trazar un camino por su escote–. ¿Porque te he hecho esperar?

–¿Me crees capaz de tal cosa?

–Pues sí –respondió ella entre dientes.

–Quiero perderme dentro de ti. Quiero hacerlo rápido y con fuerza, pero no. No quiero hacerte daño.

Sus palabras la hicieron estremecerse. Iba a poner en jaque su control. Intentó soltarse las manos y los finos tirantes del camisón se le bajaron de los hombros, pero Stergios no la soltó, sino que bajó más para capturar un pezón con los dientes. Jodie cerró los ojos y echó atrás la cabeza, maullando complacida. El deseo creció ante aquel singular tormento, y empujó hacia arriba con las caderas, pidiendo más.

Stergios le sujetó las muñecas con una sola mano y deslizó la otra por un costado de su cuerpo. Cuando alcanzó su sexo, Jodie sintió que se deshacía.

–Abre los ojos –le ordenó, con la voz áspera de deseo.

Jodie obedeció y se encontró con sus ojos, y él acarició los pliegues húmedos de su carne antes de hundir en ella un dedo. Su interior lo recibió más húmedo aún y contempló cómo el placer le cambiaba la cara, le oscurecía los ojos, y él sintió una incontrolable pasión al ver que Jodie se confiaba por entero a él.

Le soltó las manos y se deslizó por su cuerpo, colocándose las piernas sobre sus hombros para darle placer con la boca. Un gemido se le escapó de los labios y se agarró a su pelo para acercarlo todavía más. Sus gemidos fueron creciendo en intensidad hasta quedar muda cuando un clímax feroz la dejó sin respiración mientras su cuerpo experimentaba violentas sacudidas.

Se quedó inmóvil un momento, con los pulmones ardiéndole en tanto recuperaba el aliento. Con los párpados entornados le vio quitarse el pijama y volver junto a ella.

Jodie le rodeó las caderas con las piernas y la anticipación le hizo estremecerse. Sonrió al ver el brillo de los ojos de Stergios, el rojo que teñía sus mejillas. Ya no podía controlar el ritmo.

Con una mano agarró su pene y lo acarició antes de guiarle hasta su cuerpo. Ver cómo perdía el control le hizo sonreír y movió las caderas, iniciando un ritmo que fue creciendo, al tiempo que las palabras se le escapaban de los labios sin control mientras él la penetraba con más fuerza, con más rapidez. Gritó cuando la espiral de placer estalló, derramándose sobre su cuerpo. Stergios se incorporó y la aferró contra su cuerpo en un intenso abrazo.

El amor le corría por las venas y ella le susurró sus palabras al oído. Stergios se quedó inmóvil un instante, antes de volver a moverse dentro de ella con todas sus fuerzas y rendirse por completo.

Horas más tarde, Jodie estaba de pie en la playa, contemplando el mar. Se metió las manos en los bolsillos del abrigo. Hacía frío, y el viento se le colaba por los vaqueros, pero no se atrevía a volver a entrar.

Pero ¿qué le había dicho? Tenía tantas cosas en aquel momento en la cabeza... Se estaba sintiendo amada y protegida, y no se había sentido así nunca, de modo que las sensaciones la habían desbordado. Pero ¿cómo había sido capaz de decir todo aquello en voz alta? ¿Cómo había sido capaz de declararle su amor?

No le oyó acercarse hasta que estaba ya detrás de ella y la rodeaba con los brazos. Jodie dio un salto.

—No —dijo él.

—¿No qué?

—He tardado semanas en volver a tenerte en mi cama, así que no te busques excusas para abandonarla ahora.

—No es eso lo que estoy haciendo —dijo Jodie, dejándose abrazar, pero con evidente tensión.

—Me has abierto tu corazón, *pethi mou*, y ahora quieres esconderte.

Jodie hizo acopio de valor para volverse a mirarlo. Una oleada de calor se desencadenó en ella al verle: llevaba un jersey oscuro y unos viejos vaqueros que se le ceñían a las piernas. La sombra de la barba le daba un aire descuidado, pero eran sus enigmáticos ojos castaños los que le asustaron.

—No sé a qué te refieres.

—Me has dicho que me quieres —le recordó, mirándola a los ojos.

Jodie sintió vergüenza e intentó adoptar una expresión que no revelase nada. Había intentado convencerse de que no lo había dicho en voz alta porque Stergios no había mostrado ninguna reacción. Le había desnudado su alma declarándole su amor. ¿Cómo se iba a recuperar de eso?

—No cuenta cuando se dice mientras se está haciendo el amor. Lo sabe todo el mundo.

—Cuenta cuando quien lo dice eres tú.

–Venir aquí ha sido un error. Deberíamos volver a Atenas.

–¿Por qué? Allí no eras feliz –dijo él–. Y ha sido culpa mía.

–¿Por qué iba a ser culpa tuya?

–Por dar por sentado que como había sido yo quien te había incluido en la familia, todo el mundo te aceptaría. Había subestimado su reacción.

–No es culpa tuya. Soy yo quien no soy capaz de encontrar el modo de llevarme bien con tu familia. Cuando lo intento, solo consigo empeorarlo todo.

–¿Y por qué sigues intentándolo?

–No lo sé –respondió ella, encogiéndose de hombros–. Pensé que acabaría cayéndoles bien, pero no ha sido así. He perdido el tiempo. Siempre los voy a tener en mi contra.

Stergios se le acercó.

–Yo siempre voy a estar de tu lado, Jodie.

–¿Por qué? ¿Y si soy yo la que se equivoca?

–Yo voy a estar siempre de tu parte. Y tú de la mía.

–Ah, ya. Entiendo. ¿Y estarás de mi lado si no me caso contigo?

–Es que nos vamos a casar –respondió él, satisfecho–. Y cuanto antes, mejor.

–Yo no he accedido a eso, y no pienso hacerlo.

–Dijiste que no te casarías conmigo sin amor –Stergios sonrió–. Y tú me quieres.

–Por última vez te digo que...

–¿Qué? ¿Que no me quieres? Anda, dime la verdad.

Jodie apretó los dientes. Se había jurado que siempre le diría la verdad, aunque con ello dejara de protegerse, pero en aquel momento se sentía acorralada. Bajó la cabeza y volvió al borde del agua. Stergios la siguió, en silencio pero alerta. Caminaron el uno al lado del otro durante unos minutos mientras Jodie intentaba encontrar las palabras.

–Cuando te dije que no me casaría sin amor, lo que quería decir es que mi marido tendría que sentir lo mismo que yo.

–¿Por qué lo estás haciendo tan complicado? –preguntó él, suspirando.

–Tienes razón. Es complicado, porque, si me dices que me quieres, no te voy a creer. Lo que pasa es que necesitas casarte y este es el modo más rápido de solventarlo.

Continuaron caminando en un tenso silencio. Stergios acabó parándose y Jodie hizo lo mismo para volverse a mirarlo a los ojos.

–Jodie, tú te casarás por amor. Yo me casaré porque es mi deber para con mi familia –hizo una pausa–. Tú estás enamorada de mí, pero yo no te quiero. No puedo.

En el fondo siempre lo había sabido, pero le dolió oírselo decir. Un dolor penetrante estalló dentro de ella.

–No puedo permitir que haya alguien tan cerca de mí –continuó él–. Nunca podría desde que descubrí que había sido mi padre quien estaba detrás del secuestro. Sin embargo, sí que puedo sellar un compromiso contigo, y es que el niño y tú seréis siempre lo primero. Por encima de todo lo demás. Por encima de mi familia y de mi trabajo.

Se estaba comprometiendo a respetarla y cuidarla

siempre. A hacer de ella su prioridad. Y quería creerle, pero llevaba ya demasiadas promesas rotas a sus espaldas para aceptar aquella sin más.

–Te protegeré y os mantendré a ti y a nuestra familia –dijo Stergios, tomando su mano–. Te seré fiel y no traicionaré el amor y la confianza que has puesto en mí. Y, cuando nos casemos, tú harás lo mismo conmigo –continuó–. Me serás fiel, protegerás a nuestra familia y nos antepondrás a mi hijo y a mí ante todo lo demás. ¿Crees que podrás hacerlo? ¿Podrás vivir así?

Aquel hombre la conocía mejor que cualquier otra persona. Podía ofrecerle compromiso, familia, protección y atención. Todo, menos amor.

¿Por qué no podía dárselo? Sabía que estaba pidiéndole casi demasiado, pero ¿qué era lo que le impedía dárselo? ¿Qué había en ella que le impedía dar el salto?

¿Estaba dispuesta a comprometerse de por vida con un hombre que no podía quererla? ¿Podría entregarle su amor a su marido sabiendo que no lo iba a recibir a cambio? ¿Podría asumir esa clase de matrimonio por el bien de su hijo?

–Sí, Stergios –respondió, aunque le temblase la voz y le ardieran los ojos. Tenía que aceptar, de una vez por todas, que no era digna del amor de nadie, y que nada cambiaría ese hecho. ¿Por qué seguir esperando algo que nunca podría tener?–. Casémonos.

Capítulo 16

STERGIOS estaba en el vestíbulo de la casa familiar, buscando a Jodie. Su fiesta de compromiso estaba tocando a su fin, y tenía ganas de tenerla solo para él.

Debería ser fácil de localizar con el vestido púrpura que llevaba, u oír su risa explosiva. Llevaba puestas las amatistas de la familia, lo que hacía de ella una deliciosa mezcla de hada y reina.

«Prometidos». Por fin. Había momentos en que la terquedad de ella vencía su tenacidad, pero por fin había aceptado su proposición. Aunque en paz, lo que se decía en paz... nada de lo que tuviera que ver con Jodie Little era pacífico. Le ponía a prueba constantemente. No tenía por qué llevar máscara con ella, ni fingir. Y sin embargo, estando juntos, era el hombre que quería ser.

Sentir semejante necesidad de ella no le gustaba. Más bien, le dejaba temblando. Sabía que no debía permitir a nadie acercarse tanto, pero es que Jodie se había colado detrás de sus defensas. Era una batalla constante intentar mantener un muro entre ellos cuando en realidad ansiaba tenerla cerca. ¿Sería eso enamorarse? Porque, si lo era, no podía permitir que siguiera adelante por su propia supervivencia. Nadie podía tener ese poder sobre él.

–Bueno, por fin se ha terminado –dijo Mairi Antoniou acercándose a él. Llevaba un vestido de noche negro que servía de telón de fondo perfecto para los diamantes con que se adornaba–. Espero que la boda sea pronto.

–Lo será –contestó él, apurando su copa de champán.

–No deberías haberle dado ese diamante de compromiso –dijo su madre–. Es una herencia, y no tiene precio.

–La mujer de los Antoniou lo lleva. Es la tradición.

Y más importante aún: reconocía a Jodie como de la familia. Ella había comprendido todo su simbolismo y lo había sentido como un honor que le había llenado los ojos de lágrimas.

–Pero querrá quedárselo cuando os separéis –insistió su madre–. Tendrías que hacerle firmar un documento en el que se comprometa a devolvértelo cuando os divorciéis.

–No voy a divorciarme de Jodie –le espetó–. Forma parte de esta familia, y de mí, para siempre. Será mejor que te vayas haciendo a la idea, *mitera*.

–Sé que no es de buen gusto hablar de divorcio en la fiesta de compromiso, pero tendrás que estar de acuerdo en que...

–Si no puedes soportar la idea de que tu único hijo y Jodie estén juntos, creo que me vas a ver bastante poco, a mí y a tu nieto.

Y, una vez dicho eso, se alejó de su madre.

¿Cómo habría podido sobrevivir Jodie en aquella casa? No era de extrañar que no quisiera casarse con él. Y todos pensando que lo que pretendía era ser una Antoniou.

Salió al porche, ya a oscuras. Exigiría que la trataran con respeto. No se merecía menos. Una voz le llegó a los oídos. Era Dimos.

–¿Desde cuándo tenías puesta la vista en Stergios?

Vio a su primo de pie, al lado de Jodie, y fue a intervenir, pero algo se lo impidió. No le gustó el tono confidencial de Dimos, como si estuvieran compartiendo secretos. Solo él podía conocerla íntimamente.

–Me gustaría tener un momento de paz antes de volver a entrar –contestó Jodie, cansada–. ¿Dónde está tu mujer? Se te traba la lengua. Deberías irte a casa.

–No quiero irme a casa –la voz de Dimos subió de tono de repente–. Quiero saber cómo has podido elegirlo a él. He ido años detrás de ti, y durante todo ese tiempo tú le buscabas a él. ¿Por qué?

Stergios permaneció inmóvil, esperando oír la respuesta. Había hecho cosas de las que no se sentía orgulloso, y, aun así, Jodie lo quería. Necesitaba saber por qué.

–Es cruel y bárbaro –continuó Dimos ante el silencio de Jodie–. Implacable. Se cree que este es su castillo y nosotros, sus sirvientes. No sé qué te habrá prometido para acostarse contigo...

–Stergios es el mejor hombre que conozco –le cortó ella–. Cuida de los suyos.

Stergios frunció el ceño. Él no era bueno. Incluso, a veces, era un monstruo, y ella lo sabía de primera mano. Pero era el mejor... el único para ella.

–Es un hombre de palabra –continuó Jodie–, y haría lo que fuera necesario por su familia. Va a ser un magnífico marido y un padre extraordinario. Ha restaurado mi fe en los hombres, y eso es mucho decir.

–Podrías haberme tenido a mí –dijo Dimos–. Lo habríamos pasado de muerte.

Stergios apretó los puños. La idea de Dimos tocándola le revolvió el estómago.

–Imposible. ¿Y sabes por qué? Porque tienes razón. Siempre ha sido Stergios. No ha tenido competencia.

–Te estás engañando, Jodie. Se casa contigo solo para poder quedarse con su heredero. En un mes, se habrá cansado de ti y volverá a perseguir a las mujeres más guapas del mundo, como ha hecho hasta ahora. Dentro de un año, os echará a ti y al crío de casa y os meterá en cualquier agujero, lejos de aquí.

Stergios ya había oído suficiente.

–Ah, estabas aquí –dijo, acercándose–. Es tarde, y llevas todo el día de pie.

Jodie ni miró a Dimos antes de recogerse la falda, subir la escalera y darle la mano a Stergios. No dijo nada mientras entraban. Fue cuando llegaban ya al primer piso cuando él le preguntó:

–¿Te estaba molestando?

–Es un pesado, nada más.

–Siempre puedo mandarlo fuera. A algún lugar frío y lluvioso.

Jodie se rio.

–Es una oferta tentadora. No me puedo creer que pensaras que me interesaba. Es inmaduro y malcriado.

–También es más de tu edad, guapo y encantador, muy popular con las mujeres.

–¿Ah, sí? Porque tú me lo dices –murmuró, y mientras él abría la puerta, ella le tiró de la pajarita para hacerle entrar–. A ti tampoco se te han dado mal las mujeres. Por ejemplo, en la fiesta de hoy.

Le gustaba la cualidad posesiva de su voz.

–Todas las miradas estaban puestas en ti –le respondió al oído–. Estás hecha para llevar estas joyas.

–¿Por qué son tan especiales? ¿Hay alguna historia detrás de ellas?

–La hay.

Y se la iba a contar... pero cuando estuviera en la cama, vestida solo con ellas.

Jodie oyó el helicóptero acercarse para aterrizar y sonrió. Stergios estaba en casa. Corrió a la puerta y salió al camino. No podía esperar a decirle lo mucho que se había movido el niño todo el día.

–¡Stergios! –le gritó, sintiendo que el corazón le iba a estallar al verle bajar. Era impresionante su presencia, con aquel traje de raya diplomática y corbata roja. Le recibió con un beso, pero notó que sus labios no eran los de siempre–. ¿Qué ocurre?

–He tenido una reunión de urgencia con el equipo de seguridad –estaba pálido y agitado–. Me han informado de que existe una amenaza creíble contra ti.

–Imposible –dijo ella. Sabía que se gastaba millones en cámaras de seguridad, guardaespaldas y demás–. ¿Por qué iban a querer hacerme algo a mí?

–Porque llevas a mi hijo –contestó, poniendo la mano en su vientre–. Es el mejor modo de hacerme daño a mí.

–¿De qué amenaza se trata?

–No quiero hablar de ello contigo.

–No se te... –echó a andar hacia la casa–. No soy tan delicada, Stergios. Quiero saberlo.

Stergios abrió la puerta y esperó a que ella pasara.

Luego en dos pasos se plantó ante el mueble bar y se sirvió una copa de un potente licor.

–¿Por qué iban a decirte lo que quieren hacer? No tiene sentido. Echaría a perder el factor sorpresa –analizó Jodie, plantándose delante de él.

–Para que tengamos miedo –volvió a llenar la copa–. Y resulta muy eficaz.

–¿Cuánto tiempo llevan recibiéndose?

–Desde que aparecimos en público por primera vez, en el museo.

–¿Tanto? ¿Y no me lo habías dicho hasta ahora? ¿Me regañas porque no confío en ti, y me estabas ocultando esto?

–No quería preocuparte –dijo él, antes de apurar la copa y hacer una mueca.

Jodie movió la cabeza.

–¿Y qué vamos a hacer? ¿Aumentar la seguridad?

Stergios dejó el vaso con un golpe sobre la mesa.

–He decidido que vuelvas a Nueva York. Estarás lejos de la amenaza –se acercó a la ventana y contempló el mar con los brazos en jarras–. Haré que el equipo de seguridad vigile tu apartamento y...

–Tú quieres que el niño nazca en Grecia –le recordó. ¿Por qué de repente eso había dejado de tener importancia?–. Querías que estuviera aquí.

–Va a ser temporal.

El miedo le puso un sabor extraño en la boca. Detestaba la palabra «temporal», era vaga. Todas sus casas habían sido temporales, mientras que aquella era por fin la suya. Y ahora iba a tener que abandonarla.

–¿Y si no lo es?

Stergios no contestó. Tampoco se dio la vuelta.

–¿Sabes qué? Me vuelvo a casa de tu madre. Es una fortaleza.

–Tú te vuelves a Nueva York aunque tenga que llevarte a rastras.

–¿Y la boda?

Stergios respiró hondo y se volvió.

–Tendremos que posponerla.

El pánico empezaba a desbordarla.

–Stergios, eres rico, famoso y poderoso, y eso va a atraer a gente buena y mala siempre. Cuando esta amenaza quede atrás, llegará otra, y no puedes poner tu vida en espera permanentemente.

–No voy a permitir que le pase nada a nuestro hijo.

–Yo tampoco, pero ¿dejar mi casa por una amenaza? ¡Si esta isla está bien protegida!

–El equipo de seguridad piensa que es lo mejor que podemos hacer.

–No estoy de acuerdo. No me parece razonable. ¿Cómo vas a poder ocuparte de tus negocios desde el otro extremo del mundo?

–La amenaza no se centra en mí –respondió él.

Jodie ladeó la cabeza. No le había gustado su tono de voz. Se le escapaba algo.

–Has dicho que era un modo de intentar llegar a ti.

Su mirada se volvió inescrutable.

–Tengo que quedarme en Grecia.

No iba a irse con ella. La estaba mandando lejos y sola. Las palabras de Dimos le volvieron a la cabeza. «Os echará a ti y al crío de casa y os meterá en cualquier agujero, lejos de aquí».

–No voy a abandonarte.

–Es por vuestra protección.

–Stergios, no me hagas esto, por favor. No quiero irme.

Él se irguió y entrelazó las manos tras la espalda.

–Ojalá no hubiéramos llegado a esto.

–No quiero dejarte –por fin había encontrado con quién compartir su vida. Stergios debía estar con ella, y ella con él–. Quiero quedarme aquí.

–Pero yo quiero que te vayas. Si os ocurriera algo a ti o al niño, no me lo perdonaría.

«Quiero que te vayas». Las palabras se le hundieron en la carne como una navaja. Era él quien quería aquella separación, que decía temporal. No iba a echarla de menos. Claro. No la quería.

Le temblaron las piernas y temió caer a sus pies.

–¿Y cuándo se supone que debo marcharme?

Él la miró fijamente.

–El piloto del helicóptero te está esperando.

–¿Ahora? –preguntó Jodie con la voz rota y las lágrimas rodándole por las mejillas.

La estaba presionando para no darle tiempo a pensar. La trataba como si fuera un oponente, decidido a derrotarla antes de que supiera con qué la había golpeado.

–No tengo hecha la maleta.

–No necesitas mucho. Tienes un apartamento en Nueva York. Y no tardarás en volver.

¿Cuántas veces se había creído promesas como aquella hechas por sus padres antes de que la enviasen a otro internado? Le habían dado esperanzas porque estaban cansados de sus lágrimas y sus ruegos. Cuanto más protestaba, más la alejaban.

–¿No me acompañas? Por lo menos para asegurarte de que estoy bien.

Un músculo le tembló en la mandíbula.

–No es buena idea.

Jodie tuvo la sensación de estarse desangrando por dentro.

–¿Cuándo vendrás a verme?

–No lo sé –admitió él.

Sabía lo que eso significaba. No iría a visitarla. En un principio todo serían llamadas de teléfono y mensajes, promesas de visitas y declaraciones de lo mucho que la echaba de menos. Luego empezarían las llamadas sin contestar.

Pero no. Él no era como sus padres. Le había prometido un compromiso. Que la antepondría a todo lo demás. ¿Por qué entonces se sentía como si la estuviera abandonando?

No debía torturarse así. Tenía que aceptar la verdad: que podía vivir sin ella.

–Voy a por el pasaporte.

El alivio de Stergios fue palpable cuando la vio entrar en el dormitorio. Marcó un número y habló con alguien en tono urgente.

Una vez hubo cerrado la puerta del dormitorio, Jodie se quedó quieta. Bajó la mirada al anillo que llevaba en la mano, que significaba esperanza y compromiso. Promesas y familia. Todo había sido una ilusión.

Las lágrimas se le agolparon en la garganta al quitárselo y dejarlo en la mesilla. Si Stergios quería recuperarla, si quería casarse con ella, iba a tener que ir a por ella a Nueva York y convencerla de que volviese.

Capítulo 17

STERGIOS aguardaba en el salón del apartamento de Jodie. Hacía más de una semana que no la veía, y los días habían sido una auténtica agonía para él, un caos. Quería recuperarla.

No sabía cómo le iba a recibir. En el avión se la había imaginado esperándole en casa, guardándole la ausencia, pero la sorpresa que se llevó fue mayúscula, porque Jodie se había lanzado a su antigua vida social, recuperando el tiempo perdido.

Oyó que cerraba la puerta y se incorporó en la silla. Estaba hablando por teléfono.

–¡Sí! –le dio un vuelco el corazón al oír su risa–. Tenemos que vernos, Henry. Ha pasado mucho tiempo.

«¿Henry?». ¿Quién era Henry? Su equipo de seguridad no le había hablado de ese tipo. ¿Y por qué parecía tan contenta de estar hablando con él?

Jodie perdió la alegría de la voz al verlo allí. Estaba radiante. Llevaba un vestido gris que reconocía, pero no marcaba su aumento de pecho y su vientre de embarazada. Tenía los labios pintados de rojo. Los entreabrió, pero no sonrió. Sus ojos azules brillaron por la sorpresa un instante, antes de quedar inexpresivos.

–Perdona. Luego te llamo –dijo, y colgó–. Los de

seguridad no me han dicho que estabas aquí –comentó, inmóvil como una estatua–. Ya sabemos a quién deben lealtad.

–¿Quién es Henry? –le espetó. No era su intención hablar así, pero...

–Un amigo de toda la vida –dejó el teléfono en una mesita y se apoyó en el marco de la puerta–. ¿Qué has hecho con el ama de llaves y el mayordomo?

–Les he dado el día libre.

–¿Y qué te trae por Nueva York?

–Tú –contestó Stergios en voz baja. No quería estar un día más sin ella.

–¿No es peligroso estar cerca de mí? ¿No era esa la razón de que me enviases lo más lejos posible?

El daño que le había hecho pesaba sobre su voz.

–Hemos pillado a quien hizo las amenazas. Parece ser que no es al primer famoso o figura pública que acosaba.

–Entonces, todo arreglado –dijo Jodie, cruzando los brazos–. Gracias por hacérmelo saber, pero no tenías que haber venido hasta aquí para decírmelo.

No mostraba la alegría o el alivio que él había sentido al recibir la noticia. Él había volado hasta Estados Unidos para contárselo, y ella no parecía sentir siquiera la necesidad de cruzar la habitación.

–Estoy aquí para llevarte a casa.

–Estoy en casa –respondió ella, señalando a su alrededor.

–Te dejaste sin terminar la habitación del bebé, y tenemos que retomar nuestros planes de boda. Lo que me recuerda –se sacó del bolsillo de la chaqueta el solitario– que te dejaste esto.

Su gesto le había dejado mudo, y más aún ver cómo lo miraba en aquel momento.

—Ya no me pertenece —dijo en voz baja.

Stergios se levantó de golpe.

—¿Qué demonios significa eso?

—Que no voy a volver a Grecia, y que no voy a volver contigo —respondió Jodie, desafiante.

La estaba perdiendo. El anillo le quemaba en la palma de la mano. Se había dado cuenta de lo mucho que la necesitaba al estar separados, y ahora no iba a ser capaz de recuperarla. ¿Por qué?

—¿Por qué? —verbalizó.

—¿Cómo que por qué? —estalló ella—. ¿Cómo puedes preguntarme algo así? ¡Fuiste tú quien me echó a la primera excusa!

—¡No era una excusa!

—Si me vas a echar cada vez que haya un problema, será mejor que me quede aquí.

—Eso no va a pasar. Hiciste promesas que tienes que...

—¡Tú también prometiste mucho!

—Nos vamos a casar, y cuanto antes, mejor.

—No. El bebé será hijo tuyo y te garantizo acceso total a él, pero yo quedo fuera del acuerdo. Eso se terminó.

—¿Porque quisiera ponerte a salvo? —preguntó él, incrédulo.

—Porque me echaste a la primera ocasión que se te presentó —le espetó, y el dolor era palpable en su mirada—. Porque hiciste caso omiso de mis temores al anteponer los tuyos.

—Eso no es así.

¿O sí lo era? Recordaba bien sus ruegos. Él también deseaba consolarla en sus brazos, pero sabía que tenía que ser fuerte.

–¿De verdad crees que me podía sentir a salvo cuando me estabas enviando fuera sin saber por cuánto tiempo? ¿Se supone que puedo sentirme segura cuando me aíslas y no sé nada de ti?

–No te llamé de inmediato por seguridad. No quería que pudieran localizarte. Y luego, cuando intenté hacerlo, no conseguí localizarte.

–¡He oído todas las excusas del mundo de labios de mis padres, pero esta es nueva!

Él abrió los brazos lleno de frustración.

–¿Crees que lo que quería era estar lejos de ti?

–Sí.

Simple y llanamente. Un puñetazo en el estómago. ¿Cómo podía pensar algo así?

–Dejarte ir ha sido la decisión más difícil de mi vida. No sabía cuánto tiempo iba a pasar hasta que pudiéramos volver a vernos, y me estaba negando el placer de ver a nuestro hijo crecer dentro de ti. Sabía que podía llegar a perderme el resto del embarazo e incluso su nacimiento, pero tomé la decisión porque necesitaba que estuvieras a salvo.

–Sin dejarme elegir a mí –replicó ella, exasperada–. Ni me diste información, ni me dejaste tiempo para tomar una decisión.

–Cuanto menos supieras de las amenazas...

–No, no me digas eso. Tomaste la decisión porque sabías que tenías ese poder sobre mí. Rara vez te he negado nada, y ese ha sido mi fallo. Había sellado un compromiso por amor, y ese fue mi error –una lágrima le rodó por la mejilla–. Un error que me dejó sola y abandonada.

Stergios avanzó hasta ponerse delante de ella.

–Jodie... –musitó, secándole la lágrima. Su dolor le estaba partiendo en dos. Le había hecho daño sin darse cuenta, y en ese momento no sabía cómo arreglarlo.

–Confiaba en ti y te aprovechaste del amor que te profesaba. Conoces perfectamente mi historia. Sabes lo que he sufrido por no estar unida a mi familia, por ser invisible y verme olvidada, y has hecho exactamente lo mismo que mis padres.

–No era lo mismo... –protestó él, tomando su cara entre las manos.

–¿Por qué tus temores tienen que ser más importantes que los míos?

–La situación era urgente y...

–La situación siempre va a ser urgente –adujo Jodie, separándose de él–. Cada separación va a ser temporal hasta que se hagan rutinarias. Y al final, acabaré viviendo lejos, sola y olvidada, por haber confiado en ti.

–No permitiré que eso ocurra.

–No ocurrirá porque no voy a darte semejante poder sobre mí. No voy a permitir que puedas decidir mi destino –se pasó las manos por la cara y respiró hondo–. No voy a casarme contigo. Los dos seremos padres del niño, y eso será todo. Es lo que querías, de todos modos.

–Quiero más. Lo quiero todo.

–Yo también lo quería –Jodie sonrió con amargura–, pero no funcionó. Adiós, Stergios.

Jodie estaba renunciando a él. A ellos. ¡No podía permitirlo!

–No. Yo me quedo.

–¿Por qué ahora? –le preguntó, llorosa–. ¿Por qué no cuando yo quería tenerte conmigo? Da igual. Ya no importa.

–Me quedo aquí contigo, en tu apartamento.

–¡Ni lo sueñes! –le espetó, molesta por su tono autoritario.

–Los dos somos padres, ¿recuerdas? No irás a negarme el acceso a mi hijo.

–Tienes razón: no te lo voy a negar –admitió, con los hombros hundidos–. Es la única razón por la que voy a acceder a esto. Le pediré al ama de llaves que te prepare una cama, y te dejaré que uses la biblioteca como despacho.

–Eres muy generosa –respondió Stergios. Creía que iba a tener que luchar a brazo partido con ella para que le hiciera sitio.

–Solo porque va a ser temporal –le advirtió, de vuelta en la puerta–. En cuanto asumas de una vez por todas que no voy a casarme contigo, te marcharás.

Tenía que reconocer que Stergios estaba decidido a demostrarle que se equivocaba, pensó Jodie al entrar en el apartamento, de vuelta de una de las fiestas a las que habían acudido juntos. Era el acompañante perfecto, tanto a un acto social como al ginecólogo, y se estremeció cuando le rozó los brazos desnudos al ayudarla a quitarse el abrigo.

–Estás de mal humor –comentó él.

–No. Lo que estoy es embarazada.

–Me alegro, porque tengo que decirte algo.

Ella guardó silencio.

–Tengo que ir a Atenas unos días –su tono era cuidadoso, y antes de continuar le puso las manos en los hombros–. Me gustaría que vinieras conmigo, pero me has dejado bien claro que no estás dispuesta a salir de Nueva York.

–¿Por qué vuelves a Grecia? –preguntó, aunque por nada del mundo le dejaría entrever que no quería que se marchara. ¿Y si decidía no volver?

–Estoy decidido a abandonar mi puesto en el Grupo Antoniou.

–¿Qué? –Jodie se apartó bruscamente–. ¿Por qué?

–Es el único modo de que pueda quedarme aquí contigo –respondió él, metiéndose las manos en los bolsillos.

–¡No! ¡De eso nada! No puedes hacer eso. No te lo voy a permitir.

–No puedo abandonar todas mis responsabilidades. Me quedaré como consejero.

–No lo hagas –insistió ella, sujetándolo por un brazo–. Lo vas a lamentar.

–*Oxi*, no.

–Puede que no en un mes, o en un año, pero acabarás lamentándolo. Sería renunciar a todo por lo que has trabajado hasta ahora. No puedo permitirlo.

–Sé lo que quiero, Jodie. Y eres tú.

–Vuélvete a Grecia, Stergios –le dolía decir esas palabras y tuvo que cerrar los ojos–. Cásate con la heredera que pueda darte el poder que quieres. Dirige el mundo. No tienes por qué quedarte aquí. Voy a estar bien.

–Te elijo a ti, Jodie –respondió, rodeándole la cintura con los brazos–. ¿Por qué te asustas?

–No te das cuenta de que yo no voy a ser suficiente para ti. Nunca voy a estar a la altura de tus expectativas. No soy la esposa que necesitas.

–Te necesito a ti –respondió Stergios, poniendo la mano en su nuca.

–Estás muy lejos de tu casa por mi culpa.

–Yo he decidido quedarme a vivir aquí. Es aquí donde podemos proteger nuestra relación. Es aquí donde eres valorada y respetada.

Jodie sintió ganas de llorar.

–Tu familia está al otro lado del mundo. Deberías estar con ellos.

–Tú eres mi familia. Tú y este pequeñín.

–¿Y qué pasa con tu sueño de hacer intocables a los Antoniou?

–Siempre estaré protegiéndote, pase lo que pase, pero no estoy dispuesto a pasar ni un día más sin ti. Quiero llenarme de ti. Quiero ver crecer a nuestros hijos y...

–¿Cuándo has decidido todo esto?

–Cuando te alejé de mí, enviándote al otro lado del mundo –frunció el ceño–. Fue la peor elección de mi vida, y no voy a volver a repetirla. No puedo vivir sin ti, y no voy a volver a hacerlo –apretó su pelo en la mano–. Te quiero, Jodie.

Cuánto había deseado oír esas palabras, y en ese momento tenía miedo de aceptarlas. Si no fuesen ciertas, si aquel amor no era lo bastante fuerte para durar para siempre, ella se desharía con él.

–No, no es cierto –contestó casi sin voz–. Me dijiste que nunca podrías...

–No quería creerlo. Quería protegerme. No ser

vulnerable. No dejo que nadie se me acerque, pero tú ya estás dentro de mí, y sé que tú me protegerás a mí como yo a ti.

La quería. Stergios la quería. Se le cortó la respiración.

–He estado enamorándome de ti todo este tiempo. De ti. Siempre ha sido de ti –le confesó él, depositándole un beso en la mejilla–. Y voy a demostrarte mi amor cada día. Tú dame otra oportunidad.

Jodie quería dársela, pero jamás en la vida había corrido un riesgo como aquel. Aquello iba a ser vivir y amar salvajemente. Iba a aceptar aquel anillo y a llevar su apellido. Crearía una familia y una vida con aquel hombre.

–Déjame demostrarte lo mucho que significas para mí, Jodie. Déjame amarte.

–Sí, Stergios –declaró ella, tomando su cara entre las manos–. Quiero todo eso, y más.

Epílogo

JODIE se sentó en el banco de piedra y echó hacia atrás la cabeza para inhalar la brisa impregnada del aroma de las flores. Respiró hondo y sonrió. El esplendor de los jardines de la finca de la familia no les alcanzaba aún a sus hijos, dormidos profundamente en su habitación, bajo el cuidado de su querida niñera.

Seguía sorprendiéndole ser bienvenida en la casa de la familia Antoniou. A lo largo de los años, Mairi había ido aceptándola, y aceptando el hecho de que era la mujer que su hijo necesitaba. También ella empezaba a ver que Mairi y Gregory podían ser la clase de abuelos que deseaba para sus niños.

–Estabas ahí –oyó una voz masculina que se acercaba por el camino y se levantó. Era Stergios, que se acercó y la agarró por las caderas para pegarla a su cuerpo–. He estado todo el día de reuniones, pero no he dejado de pensar en ti.

–¡Stergios! –protestó, intentando zafarse de sus codiciosas manos–. ¡Que nos van a ver! Tu familia va a pensar que soy una mala influencia para ti –se rio.

–Lo que creen es que me has domesticado –respondió él, empujándola contra un árbol y poniéndole las manos por encima de la cabeza–. Si supieran la verdad... –sentenció, sonriendo de medio lado.

Jodie se sonrojó al recordar cómo la había llevado al éxtasis justo cuando amanecía. Su respuesta había sido tan primaria y agresiva como el primer día.

–Y pensar que yo quería una mujer tímida y complaciente –añadió Stergios–. Una mujer que no me distrajera.

–Fuiste tú quien cambió el curso de mi vida. No sabía que se pudiera ser tan feliz. Incluso a veces me da miedo.

–¿Porque tienes miedo de que no dure? Temes que alguien o algo pueda robarte esa felicidad y pueda destruirla. ¿O tienes miedo de lo que puedas llegar a hacer para proteger esa felicidad?

–Todo ello. ¿Tan transparente soy?

–Solo para mí –respondió él, tomando su cara entre las manos para mirarla a los ojos–. Porque sé lo que sientes. Me asusta darme cuenta de lo mucho que te necesito en mi vida. Haría lo que fuera por proteger lo que tenemos.

–Lo sé. Pero llegará un día en que nos encontremos ante una prueba.

–Ese día, lo afrontaremos juntos, *pethi mou*. Si yo soy débil, tú serás fuerte por los dos. Cuando tú estés asustada, yo te protegeré. Estaré a tu lado durante tus mejores y tus peores momentos. Y durante todo el tiempo, nada me impedirá seguir amándote.

Y la besó apasionadamente.

Bianca

Quería ganar a toda costa aquel juego de seducción...

Cuando el viudo Stefano Gunn conoció a Sunny Porter, una becaria que trabajaba en un bufete, se dio cuenta al instante de dos cosas: era la persona perfecta para cuidar de su hija y también era con diferencia la mujer más seductora que había conocido en su vida.

Cuando Stefano logró persuadir a Sunny para que cambiara la toga de abogada por el uniforme de niñera, se centró en la innegable atracción que había entre ellos. Aunque Sunny se mostrara reacia a atravesar la barrera que separaba lo profesional de lo personal, él no iba a huir de aquel reto.

CORAZÓN EN LIBERTAD
CATHY WILLIAMS

Acepte 2 de nuestras mejores novelas de amor GRATIS

¡Y reciba un regalo sorpresa!

Oferta especial de tiempo limitado

Rellene el cupón y envíelo a

Harlequin Reader Service®

3010 Walden Ave.

P.O. Box 1867

Buffalo, N.Y. 14240-1867

¡Sí! Por favor, envíenme 2 novelas de amor de Harlequin (1 Bianca® y 1 Deseo®) gratis, más el regalo sorpresa. Luego remítanme 4 novelas nuevas todos los meses, las cuales recibiré mucho antes de que aparezcan en librerías, y factúrenme al bajo precio de $3,24 cada una, más $0,25 por envío e impuesto de ventas, si corresponde*. Este es el precio total, y es un ahorro de casi el 20% sobre el precio de portada. !Una oferta excelente! Entiendo que el hecho de aceptar estos libros y el regalo no me obliga en forma alguna a la compra de libros adicionales. Y también que puedo devolver cualquier envío y cancelar en cualquier momento. Aún si decido no comprar ningún otro libro de Harlequin, los 2 libros gratis y el regalo sorpresa son míos para siempre.

416 LBN DU7N

Nombre y apellido	(Por favor, letra de molde)
Dirección	Apartamento No.
Ciudad	Estado Zona postal

Esta oferta se limita a un pedido por hogar y no está disponible para los subscriptores actuales de Deseo® y Bianca®.

*Los términos y precios quedan sujetos a cambios sin aviso previo.

Impuestos de ventas aplican en N.Y.

SPN-03

Deseo

FLYNN

Chantaje amoroso

MAXINE SULLIVAN

¿Qué mejor manera de vengarse de una traición que seducir a la mujer del traidor? El rico y poderoso Flynn Donovan había ideado el plan perfecto para conseguirlo. Sabiendo que Danielle Ford no tendría manera de saldar la deuda de su difunto esposo, Flynn le exigió el pago del préstamo y la chantajeó para que se convirtiera en su amante.

Pero entonces descubrió que Danielle estaba embarazada de su enemigo.

La venganza es tan dulce...

¡YA EN TU PUNTO DE VENTA!

Podría expiar los pecados de su hermana convirtiéndose en su esposa

El único lazo de Jemima Barber con su difunta hermana melliza, una astuta y artera seductora, era su sobrino. Cuando el padre del niño irrumpió en sus vidas para reclamar al hijo que le había sido robado, Jemima dejó que el formidable siciliano creyese que era su hermana para no separarse del bebé.

Aunque la madre de su hijo era más dulce de lo que Luciano Vitale había esperado, estaba decidido a hacerle pagar su traición de la forma más placentera posible. Pero cuando descubrió que era virgen su secreto quedó al descubierto.

HIJO ROBADO
LYNNE GRAHAM

8